かげを歩く男

幸松榮一

書肆侃侃房

かげを歩く男 * 目次

まえがき

これまで五冊出しているから、これは六冊目になる。五冊出版の動機には、それなりの意図があって、一応それに従った内容になっている。戦時体験、人生への疑義、人間不信等々と、テーマらしきものが浮かび上がってくる。

ところで、この一冊はそれらとの共通性は殆どない。内容を選び出し、整理された一冊というのではない。うかうかしているうちに浮世の人生も終りに近く同時にあまりぱっとしなかった詩作者としての人生もほぼ終ろうとしている。

思い立ったのは、何のことはない。

ある朝、ふと気付いたのが書棚に乱雑に積み上げている大きな書き散らし原稿の山である。五冊の本にして出したものとは別の習作あるいは紙くずのようなものばかりである。それにしてもこれだけの習作

（紙くず）を放置していていいものか。そんなつもりで拾い上げてみると中には少しは捨てがたいものも混じっている。どうしようかと考えたが、今更一篇々々読み返す根気もない。パッと広げて、見渡して、良さそうと見当をつけたものを拾い上げてそれでよしとしよう。そう決めると気も楽になった。言ってみればいわゆる〝落穂拾い〟である。子供の頃、稲刈りの終わった後、追い立てられて田圃に入って拾い集めたあれである。軽い一冊である。そんなつもりで読んでもらえれば有難い。

かげを歩く男

カバー写真　山本昌男

I

空襲

おぶってやった背中が重くなり
モンペがずれて　ちいさな尻が
ゴム風船のようにづんづる指にからむ
押しつけてくるお腹が
日向で捉えたバッタのように熱い
汗と鼻汁で俺の首筋はぐしゃぐしゃだ

「この辺でいいの」
赤松の根方に降ろすと
まだ泣いてはいたが、素直に
「ありがとう」と言って顔を上げた

Ｂ２９が影を消した空に
十五夜の月が出ている
防空壕から出てきた女は　一すじ
ほつれた前髪を銜えていた

「ヘイタイサンにおぶってもらった」
その子がおれを指差すと
女はかぶりを振った

行きずりの
あわれな中学生でしかないおれは
にわかに顔を赤らめ
足早に
松林の中の道を歩き去った

或る水兵の死

傾いた砲塔の陰にうずくまり
海を見ている
血を流し切った者たちは　甲板で
あらかた眠りこんだ
水平線に近づいた陽が　ぐつぐつ
餡このように煮えている

あれは小学校の帰り道だった
切通しの先で　よく
ふたふた笑う老女に出あった

声になっていないから
静寂がもう一つ深くなったものだ

家まではまだまだ遠い　それなら
いっそ人攫いに逢えばいい
すると
かあさんが　しおしおと泣いてくれる

左腕のほかは動かなくなった
どんどん冷えてゆく
確実に、これで死ぬのだと思う
底の方でにわかに動悸がしたが
今さら立ち戻れはしない
無性に悲しい　だが

得心がいきさえすれば　そこまでだ

父さんは無口となり
かあさんは毎日
しおしおと泣き暮らしてくれるから
やっぱり
この死に方でよかったのだと思い
目尻に溜まった白い目ヤニを
左の手の甲でこすってまぶたを閉じた

夕日はまだ赫奕《かくやく》と照りつけて
死ぬには　まだすこし
早いかなという気はするのだが

平原

地の果てに連なる雪山が
トランプのカードのように発光している
こちらでは今
雪解け水がふくれて
河は　声を放ち始めたところだ
河岸を一人の兵士が歩いている
時々
ポケットから木の実を取り出しては
口に持ってゆく
川魚の干したものなどもある

戦った記憶はないのに
兵士だ
町を捨て、夜も昼も歩き続けて
それだけのことで兵士なのだ
季節も百は歩いたろう

そしてまた
名ばかりの桃の花咲く季節が
近づいてきている
こわれた氷河のうしろから
ショリショリ紙をもむ音がする

靴を脱ぎ捨てると
ふやけた足を川面に垂らす
あお向けに寝転ぶと　にわかに

頭の先が賑わってくる
蕾を含みはじめた枝のさざめきだ

鳥はやって来ない
この平原では
鳥はもう飛ぶことをやめた
それはそれでいい、よっぽどその方がいい
兵士はしばらくまどろむ

半日眠って目覚めると
雪嶺の上の方
その上の方　さらに上に
高く　高く雲が浮かぶ
小さな小さな龍がわたって行く

起き上がる
歩くことでとも角
熱を生成しなければ

ポケットから
干したトカゲの尾っぽを取り出し
親指の腹ですり潰して
パッパ　口に放り込む

森が
忽然と視界に入ってくる
停泊した巨船に
迷いこめば
悪い仮眠におちこむだろうから
方角を変える

生命が蠢いている森なんか――
見ると
周縁が白く明るんでいる
バリアだろう
拒絶と包容で燃え続けている境界を
ゆっくり迂回する

わけもなく
飛び出してきた野兎を追いかける
剝いだ皮の下の温もりが
鬱陶しい　つまりは
生きていることの手触りだ

冷えてゆくものしか信じられない

空高く　野兎を放り上げる
音を立てて
野菊のように落ちてくる

頼れるものを失っている
歩く、とは多分そういうことだ
頑なに　しかし、断定しようとすれば
思惟としてはひどく瘦せてくる

雷鳴の夜には洞穴の奥深くかくれる
倨傲《きょごう》に向かって矢を小さく射かける

数えられるものなんて何もない
数えれば増えたり
減ったりする　それが面白いといえば面白い

それはそうだが――
数えることを止めて　代りに歩く

いきなりだ、やって来たのは
それは記憶のようなものの中で起った
兵士はうすく血を吐いた
どこをどう巡って出てくる血か　滴っても
そんなに赤く雪を染めない

ゆったりと桃の木に背をもたせかけ
根方までずり落ちて眠る
初めて経験するいい眠りになるように

滑走路の外れの草むらで

掩体壕《えんたいごう》作りに駆り出された勤労奉仕も三日目となるときつい。土を掬うふりをしたまゝサボっていると、相棒がしきりに目くばせする。そういえば背後をそろりと風が移った。

生きながらすずしいブロンズに似せられた人は、飛行靴で陽炎を踏み、しずかに神のまなざしを病んでいた。

—特攻—

畚《もっこ》を担ぎかけた相棒は身じろぎもしない。おれはシャベルを握りしめる。裸の体臭がいきなりぶつかり合った。

『おまえたち、臭い手と臭い足と、それからわたしをみつめるときのその敬虔なひとみをみんな消し去るがいい。わたしには不要なものばかりだ』

『出撃を、するんですね』

『それはどういうことか。

いいや、わたしは出撃などしない』

『それでは、生還されたのですか。いま空から、いえ天から降りてこられたばかりの神なのですね』

『そんなものではない。

わたしのことではもう何も期待するな』

『でも、この夏のさ中に、あなたは厚い飛行服を着込んでいます』

『ひどく寒いからだ』

8・15の周辺

いきなり近づいてきた女子挺身隊の班長に
中学生の手を一つ借りたいと言われ
あたりを見回したが　このおれしか居ない
彼女はもうさっさと前を歩いていく
暗い工場から出たとたん強い光が目を射た
敷地の端まで行き無人の作業棟に入り込む
細長い廊下を散歩でもするように歩き続けた
モンペの紐に挟んだハンカチを抜き取ると
彼女はただ黙々と額の汗を拭った
このところ物言わぬ彼女らには慣れている
暑くなる少し前のことだ

沖縄失陥の惨状がここ本土にも伝えられると
その夜一晩中
寮の一間に集まり泣き明かしたということだ
中学生がしつこく真似る沖縄言葉にも
これまではまだ冷笑混じりに応えていたが
それ以後、頑なに口を噤んだ

ここよ、と言われたその時
いきなりけたたましく空襲警報が鳴り渡った
やがて　海岸線から侵入したグラマンの
乱射音が鈍く届いてきたが
まだ遠いな、とたかを括っていると
バシッと窓の射抜かれる音がした
彼女が振り返る　ぼくより少し年長の
いつもは落ち着いた面持ちの彼女が　いま

はらはらと崩れ　目を宙に泳がせている
両手を伸ばし投げかけてきた彼女の体は
熔けた鉄のように熱かった
よろけかけて　ようやく受け止めていたが
次の機銃弾がカーンと高い音を立てた時
二人　あっけなく暗い廊下の隅に転がった
ブラウスの前がはだけ泡立つ海が見えた
沖縄の海に手を浸したようにやさしかった
もっともっと　ぼくらは波を蹴り続け
原罪のような戦きに
ゆっくりと捕らえられていった

サクラ哄笑

学徒動員で狩り出された工場で
春は裏庭の桜が咲き誇った
桜は四分咲きまでは
凛冽な精神をうかがわせたが
盛りになると　どっと
精神の負荷を取り払って惚けるのだ

残された熟練工が次々戦場に赴くと
工場はガランとした空箱になる
花びらを躍らせて
サクラは真昼間のように明るみ

おれたちを戸惑わせた

親友と密かに決めていた島根の高校を断念し
海軍を志願するつもりにしていたので　おれは
そんな桜のにぎわいに少し心を暗くした
目一杯に桜を見極めようとするが
瞼に糊がかかった具合に
見開いても見開いてもどこまでも真白なのである
桜が皮肉な含みわらいでもしているように思えて
こんな風にわらわれてはしようがないな
全くなと思うのだった

桜が終る頃沖縄失陥の報がもたらされた
沖縄出身の女子挺身隊は　悲運を飲み込み
黙々と作業する黒い塊と化していった

空襲警報が鳴り響いたとき　とっさに
ひとりの手を引っぱって　おれは
工場のはずれの防空壕まで
駆けていったが
炎天の下、薄暗い壕の奥処で二人きり
それが非行なのか、ひょっとして至福なのか
おれたちには見分けがつかなかった

もう花の名残りすらないサクラだったが
樹幹がにわかに沸き立つと
酔い痴れた幻の花弁が
ちらほらと舞い落ちるのだった
サクラの背後から
こらえ切れない哄笑が湧きあがり
敗戦が白々と立ち現れた

少年

時　一九四五年敗戦間近の晩春から夏にかけて
人　中学生　AとB
　　焼け出され壕舎で暮らす女一人

序

憔悴は親しくなり、空は天蓋というほどに低い。岩肌も樹も草も、すべてが低い。躊躇の習慣が身について、これは近い。流れるものなんか何もなくて、すべては吃音だ。傾けると、傾いたまま通ってゆくのは、或る種の歪みの至福というか、のべつに唾吐きちらしての和姦だが。

それにしても晦冥の道筋はむしろすずしくあった。

第一場

B「国家百年の計に殉ずる、ということだってある。あわてる事はない」
A「なんだと唯今を措いてそれがあるか」
B「遅れても、一年かそこらのことだ」
A「ちがう」
B「おれの海兵志望が卑怯だと言いたいんだな」
A「卑怯だとはいわない、不純だといっているのだ」
B「志は同じだ、きみだってかつては〝江田島〟を狙っていたじゃないか」
A「それでよかったのだ、だが今はちがう」
B「なるほど、戦局は予断を許さない、悠長にしてはおれんということか」

A「わかったろう。だったらそれでいい」
B「まってくれ〝霞ケ浦〟だってそれは同じだ」
A「どういうことか」
B「どっちにしても、今日の戦場には間に合いっこない」
A「それはその通りだ」
B「それじゃいいんじゃないのかね、駆けつけるのが一年早いかおそいかだ」
A「詭弁もいいところだ、きさま」
（空襲警報が鳴る）
B「どうする、はいるかい」
A「はいった方がいい」
（解除、防空壕から這い出る）
B「軽蔑されても仕方がない、やっぱり江田島に行くよ」
A「行けばいい」
B「おれだけじゃないのになあ」
A「いいや。軽蔑するのはおまえだけだ」

註　江田島（士官養成の海軍兵学校）三年
霞ヶ浦（下士官養成の予科練）二年

第二場

九州上陸の米軍を想定、迎撃訓練のため九州各地の中高校生代表が熊本陸軍教育隊に集められた。十日間の訓練を終えて帰郷の途中、空襲に遭い列車離脱。徒歩で通りすがった都市の一角。

機影が退いた夜空の奥深く
中天に　くらく満月がかかった
毀たれた真夏の夜半は
うっすら　目覚めつづけている

背景に汚れた松の疎林、焼け木杭

防空壕の蔭で湯をつかい　女は
前を打ち合わせながら出てくる
「あんた、泊まっておいで」
壕舎の奥に案内する
「朝には　汽車が動くといいね」

『そうだ、鶏が鳴き』
　——まだ明日があるなら
『宿の朝だ』
ゆるく握って目をつむる

（暗転）

（翌朝）

跨がれていた気配で目をさますと
いっとき豊饒の気分が騒ぐ、でも
「食べて行ってはもらえないけれど」
『いいえ』
『下痢さえもしなくなった飢餓が旨い』

・・・

背嚢に残してあった米を置き
銃を担いで出かかると、
線路の向う
絵姿で朝日がのぼる

夏

木の下闇に白く浮かぶハンモック
うら若い母の手がそっと
みどり児を落とし込んで行く
揺れながらおそろしい夢に食い荒らされて
火がついたように泣く
蟬が一斉に囃し立てる
初めての夏との邂逅である

夏はひどくゆっくり巡ってきた
足を踏みしめて立ち上がり
やっと歩けるようになった頃

高い柿の木の梢あたりに
白い光を放ち
じっと凝視する目があって
わけもなく脅えた

戦いに明け暮れるうっ屈した少年の日日の中で
夏は音を立てて夥しい水を吐きつづけ
ついに傷ついた獣のようによろめいた
透き通った空を筏がいくつも流れていった

よほどの時を経て夏は甦った
白い光を放つ目が少しやさしくなり
水を踏んで立ち上がるのを見て
ひそかに夏の女とよんだ
そしてある年の夏のさ中

一人の女を妻にした
生国の習わしに従って
あでやかに浴衣を着こなしてみせたりしたが
妻の目はきつく光っていた

灼けた空の中程に軽く会釈を送ったが
その夏、夏の女はとうとう現れなかった
遠くから　しゃっしゃっと
物を洗う荒い音だけが届けられた

父の午睡

午睡からふと醒めたカレ（父）は
やにわに　厚い背中にボクをおぶって
川原に駆け降りていく
丸い小さな淵にゆっくり腰を沈める
と　ボクの足の先が水に捉えられ
それは鉄の輪のように冷たくて
たち昇る水の匂いに戦慄する

肩越しに
息を切らしているボクの胸をにらむと
カレはあっさりとあきらめた

〝この子は
生きるまえにすでに死を見てるのか〟
弱い子を持ってしまった父は
チッと舌打ちするが
垂れた枝の先から
熟れたビワ二つ盗むと一つを握らせた

〝生きてみるまえに死ぬのがいいのだ、
その方がいいってことだってある〟
愚かにもそう願ったわけではあるまいに
願わずとも　道理ということがある
村道まで上がると
道に土埃がすこし立っている
部屋に入り
こわれた時計の下でもう一度午睡に戻る

盗んだビワが艶やかに黄味を増すころ
ボクはまた暗いおののきをつのらせている

汽笛

青ざめたひ弱な幼少期だった
庭の片隅に立つと　きまって
線路の上を走る轍の音と
鋭い汽笛の音が聞こえてくるのだった

頭いっぱいに満ちてくる共鳴で
クラクラ目まいがしていると
井戸端にしゃがんだハハが
怪訝そうな視線を送ってくる

洗濯しているハハの

蹴出しの奥を気にしていると
男にでも見られたように　そっと
股の間に裾を折り込む

汽車の音は　遠く
山なみを越えてやってきた
だがその方角の鉄道は
三十里も先に位置しているとおしえられた時　音は止んだ

明け方の夢の中で
音がまっ白に吹き流された
カーテンから覗くと外は暁闇で
木の梢だけがほの白く闇は動いていない

わたしはその闇の中に　今しも

真逆さまに落ちて行こうとしている
闇の底に着くのが早いか　それとも
白んでくる朝の方が早いのか

ハハの齢をとうに通りこして
ハハへの思いもか細くなった
汽車の響が甦ったが忽ち消えた　これからは
もう修羅を見るばかりだろう

杉と少年

わたしとわたしの友だちは
杉の葉を振って
出て征く兵士を見送った
なぜそうしたのか
由来は皆目知れないのだが
多分その時
手ごろな杉の葉がそこに落ちていたからだろう
二度目にもまた
杉の葉を大きく打ち振って見送った
この時は
わざわざ杉の枝を折りに行った

五十一年前の少年の日
杉の葉の匂いと
その後で杉の葉を燃やした薄い煙とが
わけもなく甦る
サトシさんに聞いてみたいのだが
残念ながら十年前に死んでいる
・・・アレハな
かれは知ったかぶりして言ったろう
どうせその場の出まかせに過ぎないのだが
かれは、わたしの問いにはいつも
何でも正確に答えようとする優しさがあった
なにものにも基づかない
出自のない言表やらを
躊いもなく紡ぎ続けた

日々戦いの中にありながら
世はなべて
事もなく過ぎて行っていたのだが

夜盗の齢

――一九四五年夏・中学勤労動員の日々―

夜には工場の外れの疎林にきて
たとえば――松江の高校を受けてみないか
などと語らっていると
なにやら格好がついてたのしかった
本気じゃないから反って
言葉がたっぷりノドに光った

やがて
ガラガラと嗽《うがい》めくサイレンが鳴りわたり
すると

防空壕の闇の中に駆け込み目をつむるよりは
どきどきする目撃者の窃視の方に誘われて
ままよ、とばかり首からのけぞる
オマエB29ヨ
しぶきをあげて流れる火箭よ
ウツラウツラ、気層の裏から見上げていると
背信のブルーにまっかっかに染まり
もはや
十六歳は十六歳に似合わなくなる
たちまち夜盗の齢をかけのぼる

第二次抱擁

1

鉄錆がしだいに明らみ
たよたよ揺らぐ水底がついとせり上がると
そこから、
あかつき闇はすこしずつすべり始める
それにしても——戦後の
仰向けの眠気にはまだ
どんより水死の錘がたれ下がっていて
〝銃を執れ
　直ちに銃を執って
　その重い銃床に耐えよ〟

と鈍く呼ぶ声があがる
　〝ゆっくり腹這って跪き
　　跪いてさらに立ってみよ〟

2

さて、これは何に由来する思い出か。
かれこれまとめて三十六年目
戦後は肩の力を抜いて　すなわち
正しい歩幅で歩みかけて——
と思ったとたんによろめいて、つまりは
色褪せた寓話のテーブルで今朝もまた
緑色の焼魚むしるとき
這いのぼらせる回想のシラミか

3

ともあれ
〈廃屋〉は箸を銜えて甦る
（あのときだ）
夏は水瓶に滾《たぎ》りしずかに回っていた
蚊柱をひとつ吐きだして
真昼の軍需工場は仮眠に痩せ
しきりと下痢をし続ける青桐、むこうに
嘗ての製糸工場のがらんどう
破れ窓に陽がじっと煮えていた
かくて
〈廃屋〉と、二つの影と、はげしい貧血と。

4

きのうも〝悲報〟は軽軽と届いていた
沖縄のチチハハ、オトウトを亡ぼして
この女《ひと》はきょう
山梔子《くちなし》のようにお腹が冷たい
折しも町の方角にグラマンの銃撃があり
これは——とひどく錯乱する
『抱擁ではない断じて
　いうなれば
　第二次抱擁とでも』

梅もどき

ちっとも似てやしないのに梅もどき
そういえば俺たちのあれは
少年兵もどき
戦車のキャタピラへ躍り込むのに
まっとうに　頭から突っ込む奴がいた
(今だってわらえるもんじゃない)
何回やっても
足からでしか飛び込めない奴
　やがて来るその時の事があるから
　頭からいく奴は頭からいく
試されるということが

これ程正直なものとは思ってもみなかった
明日にも、いやあと十日もすれば
米軍上陸という日々のことだった
生命切りはなすことのいやおうなさは
少しだけ血の粘りを熱くしていた

II

或る戦後考

この家では
父は戦いに出ず
息子ふたりは
中学校への三里の道筋を
流れるように行きかえりするだけだったから
「戦後」は
もの憂い夜明けとともにやってきた
にわかに白い筋肉に力をためて
母と三人の姉むすめたちが
うつくしく舞い始めていたのに比べ
男たちは

乾いた犬の鼻づらのように
没落した
父は仕事に行かず（というより行かれず）
時々、昼間は
茶色い布で
床柱を磨き上げたりしていた
特攻隊にならずにすんだ息子二人は
顔見合わせ
ひそかに一命を祝しあったものだが
その一命も小さくて
道端に転がして蹴ってもいい
くらいの思いだった
さて
娘たちは年頃だし
嫁がせ時を過《あやま》たぬように

母は黒い袴の股立ち高く取り
どこでどう
詮議してくるのか
白い飯にもこと欠かず　従って
家の中心は
鬩《せめ》ぎあう明るいうつけと
抜けた笑いで満たされていた

父と息子の戦後は
そのあともう少しだけ続く

シーン（SCENE）

1

散らついていた雪が止んで日が差した
音を消した世界がボッと顔を出した
犬が歩いてきて
目をしばたたいて引き返した
ン？　もう一度
地べたに残した影を取りにきたが
耳を掻く仕種でよろけた
幼女が飛び出してきて
えびのようにお腹を反らすと
「〜」

力一杯声をあげた
遠くを
スピードをあげた自動車が駆け抜けた

2

少年が行く　少女が行く
成年男子が来る　婦人が来る
老年が来る　幼年が
落ちてくる　だが
拾い手がないのでひとりで起き上がる
カラスが
くわえてゆく
少年も
少女も

成年も　老年も
婦人も
みんな消える

フルサト

角を曲がると
音が消えた
坂道を下りてゆくと
濡れた空の下に
家並みがぱらぱら目につく
家うちのひと間やら
外風呂などに
女の裸形が無造作にのぞかれる
男たちはところが
きっちり衣服をまとっている
粉をふいたような少女の肌から

脂をのせた婦人の肌まで
それはもうさまざまだが
ただ、ひどくのどかで
やさしく奔放なのである
こんな里が
いつ出てきたのか聞いてもいない
なんかのはずみに
ついでに出来て、そのままと言うのだろうか
女たちはその生理で
老いていても若くても
少し熱い嬌声にまみれてはいるが
男をたぶらかすたぐいのものではない
男たちは森閑とした動きに従っている
出があるとすれば
その出を待っているという具合なのだ

ところが
この里の外では
車の往来ははげしく
二月の空には容赦なく
雪が暴れこもうとしているというのにだ

若くして逝った友人へのレクイエム

ウルシマよ　おまえ
ウルシマよ
　自殺にちかいかたちで死んだ――
そんなことどうでもいいが
死ぬ間ぎわ、たぶん朗らかに
〈あいつ――コウマツよおまえ――たいした奴じゃない、おれは負けやし
なかったぞ〉
聞くところによれば
どこか穴ぐらみたいな所
親子三人ふるえていたそうな
戦後は浅く

小学校代用教員の春先のことである

ところで
自刃のヤイバかざしたような訪問を
その二年前、暑中休暇帰省のはなに受けた。
名門私立大生のわたしを
あきらかに軽べつし
それから　ゆっくり
名誉をあがなうための
力を貸せ、と
これは寒梅をふふんだ口で言い放った。
省れば
輝ける戦時職業軍人一家
その末路のあっけなさに歯を食いしばり
極寒にもピアノを叩き続けた四年というが

さすがに面貌は
怪鳥というにふさわしい殺げ方である

高校の音楽教師と町の鑑賞家二人が
『ベートーベン』の数曲はプロの腕前と保証した。
(天才技とまで言った)

「宇留島泰ピアノリサイタル」
は　真夏の正午過ぎの故郷の都市を
一日だけいい姿に変えた・・・・
リサイタルの推進者コウマツに
ややあわれみのまなざし投げかけて
「アリガトウ」
を丁寧にひねりはしたが
その後死ぬまで一切の音信なし。

所在

どうしてここに居るのかしら　村を見下ろす古池のほとりです　どぼっ　と水の引っくり返る音がした　ワタシだけがどうしてここにいるのでしょう　空には静かに煙がわたり　家々はまだ断末魔の尖った口を開いたまんま　ギラリ　腐った池のおもてがすれちがう　ワタシだけが逃げてきた　疾風のようなもの七日七夜さ　いわれもない不安に駆られて　山を見上げた　山は猛々しく天を貫いていた　山道を辿りながら朽木で裂いた股が　陽に炒れてあけびよりも重かった　ワタシは命拾いした　もう心配はいらないのだわ　里を見る目にはじめて泪が湧いた　ああ　ああ

懐かしい　それから　コロ　コロ　と呼んだ　コロ　いとしさがこみ上げる　飢餓に狂おしく詰め寄られる　早くおいで　さあ早く　早く食べてしまいたい――赭い小さな生き物が麓を一散に駆けてくる

酩酊

幼いわたしたちは
じとじとに着物の裾を濡らし
真昼の丘へ
スズランの花咲く道を
いっせいに登りつめた
空に在るのは　動かない鉄の花
そこからは　ハハの姦通の
かすかに鼻をつく
下水道のにおいが降りてきた
笹の葉の擦れる音がして
いま

こよなき腐爛の女体が
わたしたちに出会おうとしていた
こうしてわたしたちは
目覚めるひまもなく
にわかに
酩酊してゆくのだった

歩く

彼は
かげを歩く男だった
いや　烈日の下を
かげを歩くように
歩く男だった

女とネコ

荻窪の家の中では　今日
街のざわめきさえ気にしなければ
江戸にも通う風があって
女とネコは涼しげである
あなたは　いきりたって
草鞋をはいたし
まだ昼前なのに転寝をする

截断されたものは容認しがたい
断種でもあるからだ
わたしの中にはいつも

ゆっくり交替する変圧があって
だから所有されない　所有とは
いかにもぶきっちょな執行だもの

うす目を明けるとネコは
思いきり大欠伸する
戻るゆるみで毛並みがそろう
測定し
ひっそりと延びてゆく趾《あしおと》
雨の中には出てゆかない
――蛇の目は無いし
――雨は血を呼ぶ
ここには乳にちかい匂いがあって
カオを寄せ合い　うすいミルクを飲む

しなやかな愚かしさこそ大切なのに
あなたはそれを分かろうとはしない
あんなに騒々しくする事ではなかったと
できれば気付かせてあげたかったのに
どうしても
典礼の役を下りようとはしないんだ
頑固だなあ

すると
舞台の袖もドシャ降り

それにつけても
きみはいま駒形あたり

うすい血を循環させて　いまでは

声肉は枯れてゆくのに　ここだけが重い
あなたにもムスメにも　とうとう
ネコほどの性はなかった
だから
もうそれはいい
でもおしえてあげようか　こう鳴くの
と女とネコはいっしょになって
小鳥のように鳴いた

駅裏の整体師

一芸に秀でた人間というのは
時に無気味だ
酔っぱらっていても油断できない
ヨ、ハンサムと呼びかけるから
にやにやしていると
そのうち
——ハンサムだけどこの類はモテないね
おかみが慌てて
なに言ってんですか、こちらバッタバッタと
——いいや、モテたためしはあるまいよ
(実のところ)そりゃその通り

とうらめしそうにしていると
「じゃお先に」と握手して出ていった
腕はこわい程たしかなんだから
駅裏の整体師ですよ
そうだろうな
あのごつい掌が
女の手より柔らかかったよ

父の顔

父はそんなところのある人だった
ワタシが行水しているタライの中へ
フナを放つのだ
（枇杷の葉ほどのかぐろいやつ）
ワタシが及び腰になっていると
フナはタライの縁に沿って泳ぎ　静止する
ゆっくりと水を噛んで
息をしている
その円い口が
呑みこみにやって来るのじゃないか
小さな不安の火がボッボと爆ぜた

フナは水を背負って少し動いた
ワタシは父の顔をじっと見ている
父はそこにはいなかった
父に釣られたフナの顔を
父の顔を見るようにじっと見ている

梅にウグイス

梅にウグイスが来て鳴いた
今年はじめて
とってもうまく鳴くのである
台所のドアを押して
よく見ようとするとまた鳴いてきた
「多幸平寿司」の九官鳥が
それはよく鳴く
常づね感心しながら聞いてはいたが　しかし
ほんとのウグイスとではこうもちがう
九ちゃんの声が声なら
ウグイスの声は声だ

声自慢のうちのネコも
ホッと目を丸くしている
――どうだ、かなわないのがいたじゃない

パリの引越し

あらかた片付いて、ガランとなった部屋の中は　カーテン
をはずすと白っぽい光がどっと流れ込んだ　でも春先の陽
はまだそれほど強くない
部屋の片隅で妻がまだせっせと洗濯機をまわしている　汚
れたままの衣類は持ち出したくないと言うのだ
間もなく弟夫妻それに二、三手伝いが来ることになっている
今のうちにと思ってぼくは妻に向かって手招きした　妻は
気がなさそうにしていたが　最後の洗い物のスイッチを入
れるとやっとエプロンで手を拭き拭き近づいてきた
壁際に寄せたソファーの上がいいか　いや机の上に抱き上

げてす早くすませた方がいいか
焦っているとうまくいかない　妻は首をもたげて戸口の方ばかり気にしている　やっとどうやらという頃折悪しくガヤガヤと階段を上ってくる声がした
衝立の陰からおずおず覗いてみると　手伝いの一団が入口にかたまって部屋の中を見廻している　妻は飛び上がって身づくろいをし　ぼくには目もくれず行ってしまった
顔を出そうか出すまいか　ぼんやりしていると　弟の大きな声がした――兄きはどうせこんな時には役立たずだ　かまわずに勝手にどんどん運び出そう
しばらくはばたばた慌しい音をさせていたがやがて一団が立ち去ってしまうと　ぼくは灰色のトランク一つぶら下げて部屋を出た　踊り場から見下ろすと妻が手摺りにつかまって仰向いている　――すっかり終わったのよ出掛ける

わよ
アパルトマンの階下にも白っぽい光が物憂く漂っている
・・・そうかい　だらだらとパリに住んできたが　住んでみるとこの街もずい分退屈な街だったな
帽子をあみだに被り　白い靴でぼくはゆっくり階段を降りていった

ある蘇生

庭の欅に風が当たって
座敷の天井には
太い枝の影がゆらいでいる
死んでるはずの父ハハが座って
火のない火鉢のこちらにおれが居る

天井を見つめたまま
――おれはもう六十だ、やがて死ぬ
とおもっている
そのおれを見て　父は
バカにしたように嘲笑っている

ハハは、つくねんとしているだけ

夕方から
風は世の終りのように吹きつのった
千切れた空が
ばっさり落ちかかってくると
静脈状に枝が現れ
父もはははも
どこかその辺りから降りたようだ

天井を掃き立てる枝の中に
おれはひたすら死の面貌を追っていた
心細くなって救いを求めていたが
父は相変らずわらっている
あんなに優しかったハハさえも

おれの方を見ようとはしない
おれは初めて
形象化された死を目の前にしていると思った
父もははもおれより若い
慈愛を説いていた父は冷酷に
おもいやりを秘めていたハハは無関心に
いずれも信じられない変身だ
死を通過することが
このようにむごい試練だと分ったとき
おれは遂に泣き出した

天井でゆれていた大枝は
つとはずれる
と　空に橋をかけた
そうか、この橋を渡ろう

おれはこれから裏山に出てゆこう
裏山の暗い頂きから
空を跨ぐ太い枝の橋に足をかけ
足下にボウボウたる世界を見おろすと
黒く濡れた樹皮の上をそろり、
そろりと五体ふるわせながら歩いてゆくのだ
そこで
弓にしなった枝の橋は
邪悪な悪意ではね返り　おれを
掃き落とそうとするだろう
おれはそのことをよく知っている

死期

短気・狷介の父三十八歳
窈窕・慈愛の母三十二歳
この時分の思い出は死ぬ程なつかしい
厚い羊羹を切る重い手応えだ
盆の縁をひねって
父は外出すると
脛を光らせて戻ってくる
家の中の柱にはどれにも
はりついた匂いがあって
母は部屋から部屋へ
忙しく物を運び入れ運び去り

家はそうやって　段々堅固になっていく
もうこの家を侮る者は居なくなって
家はたしかな個性を持った
家の中心には
大洋の真中で揺らいでいるような
明るい波頭がいつも立ち上っていた
やや不気味と言ってもいいこの平穏の中で
ぼくは
柔らかく背を丸めて
浅い夢ばかり見続けていた
父の風が吹くと寒くて身を固くするのだが
母の風が解かしてくれた
ぼくは
死のうと思えば死ねると思った
狷介の父が世を塞いでいて

窈窕の母が匂いを解かしているとき
虚無を引き受けるのは
ちっとも恐くはない　と
なぜかそう感じるのだった
今にして思えば
死期を失した
ということになるのだろう

「国東」故里幻視

湯にひたすと木を香る
白くおぼめく割箸の生理を
少女は　さむい懐妊におののきながら
ゆっくり
拇《おゆび》の腹で記憶した

小さな太陽が
うすい焦げ目をつけてゆくと
乾いた思考は風に捲れて
少年の顔色はにわかにしずむ

そこから

あなたが跨いだのは帯の川
わたしがくぐったのは牛小屋の暗がり
毛氈苔がひかる庭先に出る
裾を濡らしてあなたは木陰に坐る
肌寒いほどの　陽が翳り
石の祠にキ裂がはしる

葉鶏頭に墨が
紅を指すように刷かれると
　葉脈はたちまち怒気を含み
おびただしい吐瀉が石を叩いた

――こうした比喩と幻視のくぐもる中で
妙に明るく
古びた地霊がかしこにはあって
だから　まだ
急がず年を取っていればよかった

少年時代

二階の寝間でどんより目を覚ますと
雨戸の節穴を通ってくる一筋の光の中で
グルグル微塵が舞っていた
かすかに火薬の匂いも混じっていて
いっときぼんやり眺めていたが
起き上がると
雨戸も繰らず　暗い階段を伝って降りた
姿を見せると
台所で立ち働いていた母も姉も
寝腐れを嫌ってキビキビ物を言って寄こす

顔を洗うのもつまらなくて納戸に行く
小さな姪がよちよち歩きで
いきなり脚に抱きついてくる
浴衣の裾を割って出た蒼白い毛脛が
われながらひどくいやらしい
よだれを垂らしてまつわりつく姪にも
隠微なものを感じて軽くつき放した
畳の上に転がって激しく泣き出す

戦後、もう愛国少年ではなくなって
規律のある生活にはおさらばした十七歳
少年か青年かも分らない怠惰な中学五年生
身の処し方がいつまでもつかめないでいた

蛍の述懐

わたしたちスエてるんです
みんな饐えているんです
紺のサージはにおうでしょう
サバ鮨みたいに
つん　と鼻にくるでしょう

そうか
わたしたちってにおうのか
いや　ひどく臭いのかもしれないのだ
たまらないから
黙っているが

あんまり　人には近づかないようにしています

でも　ある時
大胆に振舞ってみたくなる
すごく　大胆になってしまう
そんなとき
やっぱりわたしたちはガーベッジだと思う

放り出されたゴミの山だとおもうのです
しかも
それがそれほど嫌じゃなく
かえってふさわしいくらいの気さえして
はじめて
すこし愉快になれるのです

大口をあけてしゃべっています
パラパラ　声がかわいてきます
取り返しのつかない後悔が
ゆっくり光って　あがってきます

ミシマ

「九州には伊東静雄という詩人がいたんだよねェ」
「九州でしたか、知りませんでした」
「おくにの隣の福岡県じゃないか、いや長崎かな」
「余り関心なかったなあ」
「詩人の中の詩人ですよ」
「ぼくの大分県で言えば林房雄をあなたはずい分かいかぶっていますがね」
「達意の人としてそう思っているよ」
「あなたとぼくは五つ違いですが、その辺になると価値観がまるで違ってくるのですね」
そうだよ、君らはどう言いつくろってみたところで所詮戦後の申し子だもの」

「そうですか、あなたは戦争で死ぬつもりだったんですね」

「君たちだって死を覚悟してはいたろうがねえ」

「目前の死と、予感の違いですよ」

「そうだ、君らはそれだけ再生がたやすかった」

「そうですね。あなたはまだ亡霊をひきずっていますものね」

「伊東静雄や林房雄にぼくは共感するよ」

「ぼくらはちょっと、というところです」

一九五五年春、故あって歌舞伎座のロビーで待ち合わせていたミシマは例によって一時間も遅れてきたところで、こんなことをのんびりと話しかけてきた。

東京

東京はわたしには
だんだん寒くなってゆく
毎年
夏の暑いさかりに一度
会いに行く（何に会いに？）
人影のうすくなった東京で
降りる歩道が　年々寒い
荻窪あたりも
ちょっとのぞいてみるのだが
歩くところが少なくなった
そう言えば

熱かったミシマも
とっくにおさらばしているし
ムラカミなんかも
川に流され行く方知れず
これじゃ
銀座界隈うまい物さがして歩いてみても
冷えるばかりだ
ひとりぼっちだからじゃない
つるつる
脇を流れる若いひとたち
どうしたわけか　まだ
発熱していないのだ——発狂も
だけど、それでもいいじゃないかと思う
衛生的だ

III

夢

夢の中なんだが
漫才やってるんだよ
あんたがボケでぼくがツッコミだ
いや　舞台の上じゃなく
どこか戸外の
ポッと梅の蕾なんかあって
神社の境内の片隅かなんか

ボケの反応がよくなくて
ぼくは焦れ切っている
遠巻きにしたグループの連中が

——夫婦で万才やるってのは
そこが難しいんだよな
余り馴れすぎちゃいけないし
さりとて
よそよそしいじゃなおいけない
なんて口々に言うのだが
もうどうだっていいと思っている

あんたは派手な着物なんか着ているが
肩のところが薄くてやさしい
立ったまま
じっとこっちを窺っている
気がつくとあたりはすっかり暗くなり
連中は消えたようだが　いや
もともと来てはいなかったのだ

あんただけそのままの輪郭で
一点ぼうと明るくて
ぼくの冷え切った心に灯っていた

やった事もない想像した事もない職業だが
ぼくはすっかり成りきっていて
すっかり漫才師の心がわかっていた
ひょっとすると、ぼくとあんたは
いつかどこかで
漫才師やってたにちがいない
そう思わないわけにはいかない
不思議な夢だった

すすき野

峠を越えると　すすき野に出た
銀鼠色の空を
ひどくゆっくり雲が流れていた
産みもしないおさなごを抱いた女が
にわかに繁みに分け入ると
後も見ずにずんずん遠ざかってゆく
白い穂が　一直線に波打って
ア、その先は崖じゃないか

叫ぼうとして目が覚めた
首筋がぐっしょり濡れている

隣りで身じろぐ気配がして
どうしたの――くぐもった声で聞いてきた
・・・・・
うなされたのね――呟いて
また軽い寝息を立てはじめた
（その頃まだ二人きりの安アパートの一室だった）
そして今夜
今ごろになってなぜ四十年も前の古いフィルムが
戻ってきたのかと思う
銀鼠色の空を
ひどくゆっくり雲が流れている

同じ景色にちがいないが　何かおかしい
繁みはひっそりしずまり返り
産んでるはずのおさなごを抱いた女はどこにもいない

気がつくと
林道伝いに上ってくる人影がある
それにしてもひとりぼっちだ
あんなに痩せていたのがふっくらして
足取りも軽そう　このぶんだと
手なんか振ってよこすのかな
迎えに行こうとしかけたが　動けない

ぼんやり目が覚めた
隣りで身じろぐ気配もない

今宵限りの母子の別れ

お前が生まれる前だった
それなのにお前はもう生まれていて
夢の中だけど父さんと三人
どこかの山道を歩いていました
暗くなりかけていてね
急に　胸の深さの葦原に出た
わたしはおまえの手を引いて
どんどん分けてはいっていった
父さんは道端に残って
ぼんやり見てるのさ
葦で切られるのがいやだったみたいよ

わたしたち女だからね、切れてもね
でもチクチク痛いので泣いていた
葦の原っぱの先の方には
崖があるんだ　危いんだ
うしろから父さんが必死に呼びかけてきたが
あれから十年　やっと
崖の近くに出てきたわ
そろそろ

わたしたちもここで別れましょう
月も上がってきたよ

隣りの町の祭りの日

ほろ酔い機嫌で坂を登りつめると　今では大規模な新興団
地の中に取り込まれてはいるが　かつては小さいながらも
山の頂上だった所なので　さすがに人家も疎ら　伐り残さ
れた五、六本の欅の大樹が宵空に黒々と伸び上がっている
ふと白いものが揺れた　幹の根方の方に目を凝らすと　何
やらぼんやり佇んでいる　近づくと　木に寄りかかってい
た姿がまた二、三度ゆらゆらする　どうかしましたか　気分
が悪くて困っています　か細い声を出した　じゃつかまり
なさい　肩を向けると待っていたように縋ってきた
ふうわり頼りなくて　腋を持ち上げてみても重りがない　坂

を下りかけるが　足が縺れてすぐへたり込むので思い切って抱き上げた　拍子抜けするような軽さに　ずいぶん軽いんだねと言うと　これでも大きい方なんですよと澄ましている　小さな子供の体重ほどしかなくて　それで大人の体だとすると　まてよと首を傾げかけたが　まあ詮索してもはじまらない　酒の酔いも手伝ったのか　考えるのがしちめんどくさくなっていた
いきなりこちらの喉元目がけて首を伸ばしてきたので　喰らいつく気じゃあるまいね　と抗議すると　命の恩人ですもの　そんなことはいたしませんと至って殊勝な様子に項垂れた　坂を下りきると一気に人家が増えた
どの辺りですかあなたの家は　あっちへ行けこっちへ行けと指図してくれなくては　と声をはげますが　それがわたしにも皆目見当がつかないのです　大体わたしに家という

ものがあったのかどうか　と考え込む始末だ
しようがないな　とうとうわたしの家に来てしまったじゃ
ないか　ここであなたを放り出すわけにもいかない一先ず
家に入ってもらうがいいですか　えゝゝわたしでしたら
喜んで　と気にも止めない
ぐにゃぐにゃなので床に座らせもできず取敢えずベッドの
上に横たえた
その夜は隣り町がお祭りで　妻と子らは妻の実家に歩かせ
てあったので　女と二人きりになった
ことわりもなしに着ている物を脱がせようとしても　逆ら
う気色はない　慣れた手続きで　いつもの妻の体の中に
入って行くように　難なく結ばれた
われを忘れて　うっかり正体を現わすなんてことのないよ
うにね　と念押しするのへ　たぶん　いやきっと大丈夫だ

と思います　なんだか頼りない返事である

疲労

わたしをここに置いてください
この家のほんの片隅でもいいのです
赤い椿が咲いていましたね
昔、あなたはわたしのお父さんだった
今はすこし、どこかの男みたいだけれど
でも、それはどうでもいい
溺れかけて、蹴って戻ってきたのです
行きは少年だったのに
帰りは少女で戻ってきた（わ）

わたしはうつつに見ています

あなたが今（木陰でこっそり）
だれかと耳うちなんかしているのを
そんなに食べさせてくれなくていいのです
着るものなんかも欲しくない
暗くなったら　寝かせてください
明るくなったら起きてきます
それだけのことが、望みです
それで戻ってきたのです

ほんとうは
これがわたしの家なのか
あなたがわたしのお父さんなのか
わかりはしない
多分そうではないでしょう
わたしはあなたの娘じゃない

息子であったことさえない
この部屋だって
ひどく懐かしい気がするけれど
きっと　何かの間違いでしょう

それなのに
こうしてここに居ることが
それだけが
すごくはっきり現実なのです
白い椿が咲いていますね
だから
わたしをここに置いてください
嫌がらずに
追い出さないで
お願いですからあなたのことも

お父さんだと思わせておいてくださいね

ナンセンス詩

ネコはコネコよりコネコがかわいい
なぜなら
コネコはコネコよりコネコだから
ヒトはコドモよりコドモがかわいい
なぜなら
コドモはコドモよりコドモだから

ネコはコネコよりコドモがかわいい
なぜなら
コネコはコネコよりコドモだから
ヒトはコドモよりコネコがかわいい

なぜなら
コドモはコドモよりコネコだから
ネコはコドモよりコネコがかわいい
なぜなら
・・・・・

ホタル狩り

ラジオからは
蟻のような戦況がひまなしに這い出していた
諸肌ぬいで
父と父の兄たち三人
灯影に縁台を持ち出していた
闇はそこから川原に向け
たっぷり網を打っていた
ホタルを追って駆けだす
人魂ほどもある目の前をよぎるホタルに
どこまでも追いすがる
風が落ち込んでいった窪に入り

濡れた無風に遇う
いつの間にやらホタルは空にあがり
笹で掃いてもおりてこない
泣き出しかけて窪を出ると
川下から風が起り急にいばりが匂った
立ち上がったハハは
手を突き出してわらった
素手にホタルをゆるく握っていた

救世主

一

「離れて暮らす生活も
　かれこれ二十年になるでしょう」
「そうだな」
「器用な人だから
　困っちゃいないでしょうけど」
「まあな」
「淋しくはないのね」
「離れていても
　なんだかんだと言ってくるから」
「それで、まぎれているというのか」

「おちおちしてはいられない」
「すると
　ぜんぶわたしのお陰ってわけね」

二

「白状するとね」
「なに」
「ぼくは生まれながらの人生恐怖症でね」
「えゝ」
「ひとりだと　とても
　ここまで生きてこられたかどうか」
「わたしがひっきりなしに
　うるさくしてたのがよかったのでしょう」
「ほんとはそうだ、わかってたのか」

「落ちこんだらひどいものね」
「まあ、ありがたいよ。すまんとも思う」
「さしずめ
　あなた一人の救世主ってわけね」

キス

「あちらの人たちのキスて何だろうな
　と思うことがあるわ」
「あんなにしょっちゅうやってたら
　煩わしく思う奴だっているんじゃないか」
「でも、そんなこと言えないのよね」
「まあ、確認のし合いっこみたいなもんだ」
「それにしても
　わたしたちのはやや淫靡ね」
「淫靡なだけに由々しくもある」
「そうかしら
　生涯に何回かぐらいの経験よね」

「でも、あちらさんのものよりは芳醇だ」
「そうかしら」

死の朝

モノローグ

「ぼくが死ぬ日の朝
　その日の天気はどうなんだろう」
「カラリと晴れて
　生きてればまだまだ楽しそうな空だろうか」
「それとも
　雨なんか降っていて暗く
　もうそれ程生きていたくもない
　そんな空の模様だろうか」
「どっちになるかもちろんわからない」

「どっちでもなかったら?」
「多分その確率の方が高そうだが
それを思うと
今からもう　くじけてしまう」

孫

「おまえにはわるいが
　孫がそれほどかわいいとは思わない」
「いいわよ、あまりなついてもいないしね」
「でも、孫のために死ねと言われれば
　いつでも死んでやる」
「それって何だろう」
「詮索してもはじまらない」
「昔まだ三人家族の頃
　かあさんと賭けしたことがある」
「どんな賭けだ」
「船が沈みかけていて

ひとりだけ残るとしたら誰かっていうの」
「なるほど」
「互いに思っているのを当てっこするの」
「それで」
「結局勝負にならなかった」
「どうして」
「二人ともとうさんにしてたのよ」
「まあ、そうだろうな」
「とうさんっておもしろくないわねって
かあさん言ってた」

あに・いもうと

「男と女の一番いい関係は何だと思う」
「恋人なんかじゃないでしょう」
「あんなもの不安定もいいとこだ」
「さりとて夫婦でもなさそうだし」
「ないない」
「友人関係」
「それでもないな」
「それじゃ師弟は」
「それもどうかな」
「じゃ何よ
お隣りのきれいな奥さんとでも言いたいの」

「不倫はいちばんやばいんじゃないか」
「それが駄目ならもうないよ」
「あにいもうと、これじゃどうだい」
「なんだ、あなた
　最初っからそれを言いたかったのか」
「無心に頼れるにいちゃんだ」
「そうかしら、そうよね」
「そして虚心に愛せるいもうとだ」
「そうかもね」
「にいちゃんこわい、と縋ってくる
　まかせとけ、と胸を張ったりしてね」
「そうか、あなた妹がほしかったんだ」
「今さらどうにもならないが
　いとしい妹を夢みたね」
「でもね、わたしみたいに

小憎らしい妹だってあるんだよ」

「それがまたかわいいとは言わないかい」

「うちの兄たち、そうは言っていなかったな」

「現実はまあ、そんなもんかもしれないね」

「でもないかもしれないわよ」

「やっぱりそうか」

「もっと早くだったら、別れてあげて
妹になってやってもよかったけれど」

「うん。でもそれじゃやっぱりおかしいよ」

「じゃ、来世でよければそうしましょうか」

「あっそうか、そいつはいい」

「どうせもう間もなくだから、楽しみね」

しがらみ

「もしもし、わたし」
「ハイ、ぼくだ」
「あ、いたいた、よかった」
「なんだい、そんなに急きこんで」
「えっと、どんな風に話したらいいか」
「まあ落ち着きなさい」
「そんな大変なことじゃないんだけれど」
「じゃ、なおさらだ慌てなさんな」
「ねえ、あなたおぼえてる」
「何を」
「むかしわたしが勤めてた頃

サイさんていたでしょう」
「さあな」
「いたのよ
かの女に今駅前で偶然会った」
「そんなことか」
「まあ聞いて
かの女結婚してたのよ」
「そりゃそうだろうさ」
「相手は誰だと思う」
「知るもんかそんなこと」
「Tさんよ、あのTさんよ」
「へえ、あんたに振られたあの男か」
「そんなことないわよ、成り行きよ」
「まあどうでもいいが　それで」
「亡くなったって、つい先ごろ」

「年だからな、しかたあるまい」
「でね、
おこらないで聞いてよね」
「いいから早く言いなさい」
「わたしのこと、あなたがね
理不尽にも掠奪したと言ってたそうよ」
「あのヤロー、言うに事欠いて」
「だからおこらないでって、約束でしょ
でね、わたし困っちゃった」
「なんだい」
「それがね　かの女
わたしにうらみを抱いているらしいの」
「そりゃまた、見当違いもはなはだしい」
「そうでしょう、立ち話だけで別れたけど
なんだかわたしいたたまれなくて」

「なるほどな、この期に及んでまた一つ
浮世のしがらみを見てしまったか」
「そうなのよ
でも、聞いてくれてありがとう。じゃまたね」

美少年

「ヒョンなこと思い出したんだけど」
「なんだい」
「いっしょになって一年も経った頃かしら」
「うん」
「お互いそろそろわかっちゃって・・・」
「そりゃあるだろう、少し見方も変ってくる」
「そうなのよ
　あなた、こんなこと言った」
「なんだって」
「どうかした拍子に
　きみの顔少年の表情になっている」

「へえ、そんなこと言ったか」
「なんだかひどくおかしがってたけど」
「なるほどな
すっかり忘れていたが、今でもあるよ」
「それがあなたにはとてもおかしいわけね」
「そうじゃない」
「じゃ　何さ、」
「ほら　その顔だが
ちぐはぐなんだが　わるくない」
「よくわからないわね」
「おだやかだったのが　いきなりキッとする」
「なんだ　そんなことか」
「昔、田舎のことだが
女装した美少年が盆踊りの輪の中にいた」
「なるほどね、それに魅かれたのか」

「まあな　ちょっぴりな」
「それって　根は倒錯よね」

死

「ねえ」
「なんだ」
「死というのは
　永遠のテーマなのね」
「そりゃそうだ
　これまでも、これから先もな」
「死を見てきた人は誰もいないということね」
「経験できないんだものね
　死そのものを語れる人はいないよ」
「そうなのか　とすると
　なんだかおもしろくなってきた」

「え」

「だってわたしたち

どんどん近づいていってるじゃない」

「それがなんでおもしろい」

「もうすぐすごいことに遭遇するのよ」

「まるで　祭見物にでも行くみたいだな」

「わくわくしてきたわ」

ながながお世話になりました

「俯向けば言訳よりも美しき」
「なんなのそれ」
「川柳だよ」
「古めかしいのね」
「武玉川だからな、江戸だよ」
「わたしなどには無縁な風情ね」
「まあな、こんなしおらしさはない」
「強気一点張りの女としか見てないのね」
「そうでもないよ
　一度だけだが意外なことがあった」
「いつのことよ」

「昭和四十年代の終わり頃かな
　大喧嘩した翌朝だ」
「よく喧嘩はしてたからね」
「その朝はね
　部屋のドアがスーっと明いたと思ったら」
「わたしが明けたの」
「フロアにぴたっと坐って
　ながながお世話になりました、と」
「お別れの挨拶か」
「手を突いて深々と頭を下げると
　また、スーっと出て行った」
「そういえば、あったわね」
「あれにはびっくりしたよ」
「種を明かせばこうなのよ
　家出をする時はああするものと思いこんでた」

「そうか、家出に欠かせないセレモニー」
「そうなのよ、ハルビン生れでしょう
戦中のハルビンと内地の文化のズレね」
「内地ではさすがに廃れかけてたものが
まだハルビンでは生きていた」
「モダンでエキゾチックと見られてるけど
けっこう古い日本も引きずってたのよね」
「それを戦後もずっとか」
「時たま、ひょっくり顔を出すことがある」

蛍

「じゃんけんで負けて蛍に生まれたの
　いい俳句だろう」
「そうね、でも女性ね」
「そりゃそうだ、
　ぼくらよりはずっと若い」
「美人なの」
「写真で見る限りではなかなかの美形だな」
「そうでしょうね
　ちょっとナルシズムがあるわね」
「でもいいよ」
「あなた大体、女性びいきだから」

「そんなことはないよ」
「そうなのよ
あなた根っからの女好きなのよ」
「おいおい」
「女々しいわよ」
「変なことになったな
じゃこの人でもう一つ、
これはどうだ」
「なにさ」
「太陽は古くて立派鳥の恋」

浴衣掛けの女

「いい女だった」
「いきなり何よ」
「いや、いい女っぷりだった」
「だれのことよ」
「さあて」
「いつのことよ」
「もう五十年も前になるかな」
「ずい分かくしてきたものね」
「今ふいに思い出したんだ」
「それで」
「黄昏どきの田舎の道端だ」

「あなたの田舎ね」
「白っぽい浴衣掛けでぶらぶらしてるんだが
　なんともしながいい」
「村の娘でしょう」
「さあそれは
　道路脇の藪陰から出てきたようなので」
「まさか」
「はじめは、お駒狐が化けたとおもったが」
「ちがったの」
「あんな浴衣姿の美しいのは
　山口の綾ちゃんしかいないんだ」
「わたし会ったことあるかしら」
「ないだろう
　盆踊りの名手だ惚れ惚れする身のこなしだ」
「で、その子だったのね」

「それもちがった」
「なんなのよ、勿体ぶらずに言いなさいよ」
「ぼくの姉たちに
　初めて着物を着せてもらった」
「じゃ、わたしじゃないの」
「いかにも着なれた様子でぶらついてる
　なんとも不思議な気がしたな」
「なんだ、またぞろつまらない昔話ね」

クラス会

五十六年振りに見交す顔には
古い小さなお面もくっついてるが
横っちょ向いたりずれていたりで
すこぶる見当がつけにくい
心もとないが一人ひとりつかまえて
話を弾ませていくうち
どうやら　お面が重なってきた
『やっぱり、マサトシだったんだ』
納得すると　あちらはおどけて
つるり禿げ頭を撫ぜあげたりする

小さな村の小さな小学校の一学級きり
毎日顔を合わせた八年間
それにしても
〈女子〉とはまず口をきいたことなし
それが今では、苦もなく語らっている不思議
〈男子〉を睨んでばかりいたシゲちゃんに
こんな静かな微笑があったのか
チーさん ―― ソノちゃん ―― トシちゃん
シメちゃん ―― キヨちゃん

相変らず無口なシズオ
埒もなく肩叩き合ってるタケヒサとトシハル
ミツル ―― ヨッさん ―― フミオ ―― ヒロシ
サトッさん（オッ、とこちらは鬼籍のひと）
釣り上げていればきりがない

ピチピチ跳ねる小魚だ
夕日が煮える頃まで積る話はまだ真っさら

川岸が陰りかけると
記憶を揃えるように蜩が鳴く
手を置いて少し体を傾ける
「四人に一人は幽霊になったが
生きてる限りは集まろうな」
タダアキさんが呟いて　みんな頷いた

——約束通り
最後も一人で誰かが集まってくるだろう——
手を振って思い思いの帰途につく

そば

「日傘を差すわ、先に行ってて」
「じゃ、更科のノレンの前で待ってるよ」
「だったら中に入っていなさいよ」
「ざるそばをたのんでおくか」
「わたし今日はちがうのよ」
「どうするんだ」
「いいから、自分のだけ言っといて」

弱音

「とうさんだけどね、
　いやに心細い声出すのよ」

「なにかしら」

「わからない。だから
　あなたからも電話してみてちょうだいよ」

「いやだなあ」

「そんなこと言ったら駄目でしょう」

「かあさんはでもなぜ聞かないの」

「わたしに弱音は吐かないわよ」

「そうか」

お茶

「お茶飲みたいわ」
「そうかい」
「あなたが淹れるとおいしいわ」
「じゃそうするか」
「お茶だけはあなたね　なぜかしら」

「さあな」
「性格ね
　とろとろ淹れるからおいしいのね」
「それはどうか
　真心といったものじゃないのかな」

「そんなものあるの」
「その証拠に
ひとりの時はこうはうまく入らない」

或る殺人未遂

「モシモシ聞いているのか」
「聞こえてるわよ
　だけどもう、言い訳なんか聞かないよ」
「じゃどうする」
「わたし殺してやるよあんたなんか
　新しい包丁だって買ってあるんだから」
「たわ事いうな、おマエなんかに殺られてたまるか」
「そうね　ひとを殺める体力はもうないから
　わたし、自分を殺めるんだ」
「おいッ」

「これが例の包丁ってわけか」
「何いつまでも言ってるの、あるはずないでしょうそんなこと」
「だっておまえ」
「流しの前を退いてちょうだい
相変らずシンプルトンだよ」

白粉

「そんなかぶりつきで見ようって言うのか」

「いやなら、好きな所で見ればいいのよ」

「別々にかい」

「いいじゃない。

　大衆演劇ってね、白粉の浮いたとこ眺めていたいの」

「それは写真家の目だな」

「そんなご大層なことじゃないわよ
　そういう趣向で見たらば、それがわたしに面白いっていうだけ」

「首が痛いのはご免こうむる
　後ろの方で缶ビールやりながら見てる」

「それじゃ冷やかしね

まあいいわ、買ってきてあげるからつまみは何にしますか」

短い会話

「サイレンが鳴ってる、火事かしら」
「空襲じゃないか」

「戸締りはした、と」
「時計は持った、眼鏡も入れた」
「でも、何か忘れたものがあるんだけど」

「ああいう手合いをバカというのね」
「そうだよ

てめえらもいつかこんなふうになるのにな」

「静かな夜ね」
「そうか、そんな言葉があったよな」
「二人きりの除夜くらいのものだけど」

「走りなさんな、走っちゃいけないよ」
「あら、わたし今でもまだよく走るわよ」

「あんたの好きなようにすればいい」
「あなた一生涯それを言い通す気ね」

「先に死んだやつが羨ましいときがある」
「なんにもしないで生きているからよ」
「文字通り馬齢を重ねているわけだ」

「あなたえらいわ」
「ほう　そりゃ有り難い」
「浄水器の故障一ぱつで直したものね」

「東北に行ってみたくない」
「行ってみたくない」
「そうか、あなた南の果ての生まれだから

果てということではいっしょなのね」

「あの子もう二週間も電話なしよ」
「いいじゃないか
電話のないのはいい電話だ」

「時計の音が耳について眠れないのよ」
「そんなこともあったな、昔のことだ」

「あちらにはちゃんと挨拶しとかなきゃね」
「それがいやなんだよ」

「でも、おねがいよ」

「これでよし、今度は大丈夫だ」
「もう高いとこは止しなさいよ」
「おーい、屋根からだと世界もちがうぞ」

「今あなたわたしの手握った」
「おれじゃないよ」
「あ、あの子だ、照れてるわ間違ったのね」

「セックスレスの若者が急増だって」
「おれたちはまだセックスありだからな」

「いい加減なこと言わないでよ」

「都会に住んではみたけれど
一生台なしにしてきたような気がするな」
「田舎だって同じよ、そんな世の中なのよ」

「もう起きるかい」
「寝ててもいいけど」
「寝てても起きててもおんなじか」

「空も濁ってて雷もドロドロ鳴っている」

「しゃきっとしてもらいたいものね」
「そんなこと言って、怒ったらどうする」
「体の故障も機械の故障もおんなじね」
「人間はもともと機械なんだよ」
「ほんとにそうね、コ、ワ、レ、タ、ヨ」

「あなた芸なしね」
「なんで」
「みんなわたしとだけの会話じゃない」
「ちがうのもあるはずだよ」

「給とうのボタンを押せばいいんだな」
「そうか、給とうか
　わたし給ゆと読んでたわ」
「重箱読みだが、感じは出てるな」
「お湯を出すんだものね」
「しかし給ゆは給油で、やっぱりだめだ」
「うちだけで密かにそう呼ぼうか」
「いいね」

IV

禁止令

ある時を境にして
たとえば一九九九年○月○日でもよい
作詩活動が一斉に禁止された
とたんに　ついといい風が渡った

坑儒はいけないが焚書はいい
詩だけではない他の分野でも
十年に一度か二十年に一度か
これをやるといい

「詩は心のいやしです」

などという人は
うまい食事でもするがいい
あなたの詩よりはよっぽどうまいとわかる

とまあ
いろいろと意見も異見もありましょうが
禁止令には抗えません
外に出てみよう　ほらこんなにもいい風だ

（こうした状況の中でもしかしつかれたように書き続けた何人かの詩人たちがいた。後世それらの詩稿が発見されこの時代の貴重な遺物と見做れたが、詩としての価値のほどは明らかでない）
「おれから詩を取ったら
　生きてはおれない」
という人は死ねばいい

その程度の詩なら書かぬ方がましだ
「わたしの詩は魂が作るものだ
　魂に休みはない」
という人は振り返ってみるといい　魂は
ほらそのように寝そべっているではないか

オバ

やわらかい
素股の内側を叩きながら
オバは歌うように語り出した
ワタシが
新宿で芸者に出ていた頃のこと
人力車曳きの苦学生がおりましたのさ
姐さん〳〵となついてくれて——
そのうち
旦那が出してくれた
洋食屋のおかみに納まってからも
姐さん〳〵と食べに来てくれて——

肺病やみだから
卒業前に死んでしまいましたのさ。
死に際まで姐さん〳〵と。
忘れられないことと言ったら
一生のうち　これだけさ
聞いている八歳のワタシはそのとき
一気に反芻してしまっていた
寒い始まりのようだった

風呂の中の思考

女の子と女の子が話している
言葉がしきりに舞っている
男の子と男の子が話している
言葉はぎこちなくて
躯と躯がぶつかっている
女と女が話している
言葉はすっかり衰弱して
ギィギィ躯で押し合っている
男と男が
コトバを賑やかに
吐き散らしている

少女は早く訪れた文化だ
男は遅れてやってきた文化だ
風呂の中で
たわいないことを考えている
こういうのは
風呂の中の思考に合っている

悲哀

すぐそこが白壁に日の当たっている少女の家だった　歩い
てきた薄の野原の端だ　こちらは裏の入り口で表は当然道
にめんしているのだろうが　見かけは野中の一軒家だ　だ
がそれでいてひどく明るい愉快なたたずまいなのが却って
危うい感じだった

　案内も乞わずにいつの間にか上がり込んでしまっている
硝子戸越しの日が畳を焦がして　どこか枯草のにおいがす
る　母親らしい人がカルピスを二杯置いて　真白いふくら
脛を見せて出ていった　ぎこちなく少女は坐っている　嬉

しいのか悲しいのか半分泣きべそをかきかけた顔が　わたしには不審だ
奥の方で〃コン〃という鳴き声がした　〃コンコン〃とも聞えた　少女の美しい顔から一すじあぶら汗がタラーと流れた　落ち着かないでそわそわ苦しそうだった　正体が露われないように必死にもがく少女が不憫でならなかった　ここまで美しく化け切ったことの理由がひどく悲しかった　もとより畜生の本能はおさえきれまい　しかし少女に化身したことで少女の心情も持ってしまったのだ　わたしはゆっくり目を開けた
首から下は干し大根の肌のように茶っぽくがばがばになりかけている　手足が醜くよじれかけている　だが涙を垂れ嘆いている顔だけはちっとも変わらず元のままだ　わたしはかの女からは目をはずさず包丁の柄をゆるく握りかえた

高熱

ぼくが八歳の頃
それはよくあることだったが
高い熱を出して寝ていた
そこへ飛びこんできたのだ
日頃
遠目にばかり見ていた少女が
仕掛けたわなにあっさりかかった
とでもいうように

何しにきたのかわからない
でも少女は

長々ぼくの母に話しかけていた
ぼくとは同い歳の幼さで
かりにも大人の母に一体何をそんなに熱心に
語りかけることがあるのだろう

ひどい熱の頭でぼくは考えた
――アア、ソウカ
少女はぼくたちの未来について
しきりにぼくの母に訴えかけているところなのだ
そしてぼくの母はそれを肯ったり訂正したりして
少女と長い長い話を続けていこうとしているのだ
――ああ、そうか
幸せがこんなにた易く手に入るものかと
ぼくは熱い躯でゆらゆら波に揺られながら
ぐんぐん昇っていた

ぬるま湯

夜更けには時に　幼馴染みと湯にはいった
湯の下を何枚もめくっているうちようやく
アツイところにクイついて
こちらから手を出すとむこうからも出てきて
揉み合っているとたちまちノビてしまい
米の研ぎ汁みたいにぬるくなった
——もうなかろうね、と
カマのあちこちさぐってみるが
湯は　とっくにあそびはじめていて——
しかたなく
肩と肩をぶつけながら

すぐには上がれそうもなく
ふたつ　首まで浸る

こうして　のり損ねてしまうと湯の世界も
意外と開けているのに気がつく
〝急がなくてもいいのだよ〟
きれいな声が語りかけてくる
まだセックスらしきものは育っていないが
からんだような夢がある
冷えかけた下腹の余熱からは
後の性交よりは濃い夢がながれる
〝ゆっくり遊んでいていいのだよ〟
もう一度湯は語りかけて
それからしずかに温度を降りる
焚きあげられるまでにはまったく

目もくらむばかりの永遠だ

ぬるま湯の中では
呼気はおだやかに立つ
薄い胸板を並べ
幼年の中にあって
幼年をじっと自覚するのも今だ
あちこちにまだ腐れを残して
幼馴染みの内股は
飴色の固い膿をかかえ
わたしは鳶のような口臭を吐いている
す（素）だ
素ニンゲンというほどのものだ
あがるまでに　では
まだどれだけの歳月が要るのだろう

T子に聞いた話

首がまるくなって
少し白くなって
T子はときどき仕様ことなしに笑う
さも　可笑しそうに、
十五歳になったばかり
これから何倍生きていくにしても
今の一歳一歳がひどくしんどい
膝をかかえるようにして

身体というレベルで
すこぶる交替がはげしいので

ついていけないんだよ
昨日のことなんてもう忘れてしまった
今日はグリグリしているし
モコモコという具合でもあるし
どこかからか多分
はじまるんだ

はじまるということは
見えてしまって
もう終ったにひとしい
だから
脇目も振らず真っすぐ
帰り着くはずもない家に帰りついて
わたしはたくさん食べて
少しだけ眠る（眠りは過食だもの）

母は愚かな女だ
姉たちはむしろ痴呆といってもいいくらい
祖母はなれの果てだし
わたしはだから
今のわたしを不妊して
靡くように笑っているしかないみたい

やわらかな変身

カアカアとカラスの鳴き声がする
たしかにそうなのだが
いつもの
石つぶてを放り込むようにしてやってくる
あの騒々しさとはちがう
いや
声が聞こえてくるのじゃなかった
なにか記憶の中の残響らしい
思案していると
窓に黒い影が見えた
レースのカーテンをあける

窓の桟に止った揚げ羽が
鳴き方をまねて
ゆっくりと口と喉をふるわせているのだ

窓

「ここから見えるあの窓は
　涙を流している　なぜだろう」
「窓は家の目なのよ」

さくら考

さいたさいたのさくらはさいた
さいたさくらはさくらのさいた
さくらいよいかすみよいか
さどのさくらもさくらのさどか
さどにさかせてさかりのさくら
さくらさがしてさくらのさとに
さいたさいたとさくらはさわぐ
さけはうまいかさこんのさくら
さけをまくらのさよりのさかな
さよふけてひとりさまよう
さらさらとはなはながれて

うめよりはうかれ
ももよりはわびしく
このはな、ほんとうは
夢よりほかにさくことはないのだ

邪悪な少女

喋りたくないから喋らないだけだ
ひとの顔だって
見ないわけじゃないけどすぐ目を伏せる
返事をしようにも
もう千年も黙っているから
声帯がうまく振動しない
わたしが
そんなに依怙地に見えますか
薄わらいなんか浮かべているよ
ギンギン喋ってる女の子なんて
だいたいがおかしいのを知らないんだ

頭が痛いから（いつも）
眉をしかめているだけなのに
わたしのことはもっとおかしいって
それはそうだろうけれど
この通り肌だって白いし
花片ぐらいにはたとえてくれたっていいとおもうよ
でも　もういい
よしたっていいんだ　どうせ
チクチクして痛いだけなんだから

（きっちり字を書いて、正解率もまあまあ、だがこんな邪悪な中三生女子では困る――A教師記）

小さい者たち

小さい者たちは
愛されたりしてはいけないんだ
それは
油断を生むことになる
ぜひとも必要なことは
孤独であることだ
原初の孤独に行き着くことだ

チチだとかハハだとか
なべてオトナらのために
そこなわれてはいけない

小さな者たちは
三千万年の真実に遡る
静かな旅路を急ぐべきだ
毅然として
そのかみのあの海の色に達するためだけに
たかだか百年にも満たぬ
未来の方角に
顔を向けることはない
なのに
あれはどうした悪意に基くものなのか
生まれながらに　一斉に
歩き出そうとするひたむきな構えは
(唇の寒いチチ・ハハの陰謀であるか)

快い安逸といったものは

未来なんかには無いだろう
原初にしかない
未来というのは負荷（不可）だ
過去、それも気の遠くなるほどの過去だけが
どうやら本当らしいのに
——徒労といえば、徒労である

（いや、本当もくそもあったものではない
それはその通りなのだが）

告知

八七年の冬、ソーホーの外れにあるロバートのスタジオを訪ね床に坐りこんでいた。外は雨だったし、珍しくロバートはパスタも何も食べに出たくないと言うのだ。そして、大きな革のリクライニング・シートにすっぽり沈み込むと、両手両足をぱたぱたさせて、幼児の声をまねた「ぐるぐる回して・・・」「はやく！はやく！」ナニヤッテンダ、ショウガナイナ、わたしはイスを回してやった。イスはしばらくスピンして、向うを向いて止った。その時ロバートの静かな声が聞こえた。

「セイコ、アイ・ハブ・エイズ」

註

セイコはわが子ではあるが、下手すると著作権侵害になるやも知れず、テニヲハその他少し変えた。

ロバート＝ロバート・メイプルソープ（二十世紀が生んだ天才写真家）

立っている

丘の上に立ったその人は
風が吹くたびに　一枚はがれ
二枚はがれ
やがて　ばらばらばらとはがれて
空洞になってしまった　そして今
その人は空洞で立っている

成長

もうこれ以上成長したら
駄目なんだろうな
昨日までのあの険悪な表情を消して
少女はにわかに優しくなる
瞳の色が落ち着いてくる
その分だけゆるんでしかし
へったりと肉がほどけてくる
上手に大人と話すようになるなんて
〝わたしは、 もう〟
と少女は口ごもる
乾く速さで後退してしまって

無い、もうどこにも居ない。
〝わたしが真実、少女であった日々の〟
不正も遺漏も卑猥といったものすらも
そして何よりも
あの芳ばしい不幸せが

醜少女

昨日からこの界隈が騒がしい
醜い少女たちが自らを捨てに行こうとして
南を指して流れかけたのだ
道に重なり
川瀬まで溢れて止まるところがない
醜少女の横暴というものの壮観に
一瞬息をのむ
こういうことだったのか
実現してみれば
でも何ほどのことはないな
ひどく美しくさえあるからだ

美少女が一人紛れこんでいたが
これはいかにも弱い
少女たちはもう偶蹄類の足をはき揃え
大きな流れを押している
　　どこかで叫び声が揚がる
北上する群との合流があったのだ
そして
力はここから西に方向を転じるらしい
ついに面貌は一様に雲母のように輝きわたり
メタモルフォーゼスが静かに進行する

では明日からの物語はどう書き替えられるか
まだあるとすればだが――
世界はそれでも
いつものように明けてゆくしかないだろう

川の精

襞の柔らかい
灰色のスカートを翻して
ずんずん歩いて来たとき　ぼくは
あきらかにドブ川のにおいを嗅いだので
これは　ドブ川の精なのだな
と思った
長い脛に裾をまとわりつかせて立ち止った
持ってきた用件を言ってしまうと
にわかに鼻をつくにおいがたちこめた
ぼくが胸一杯に吸い込んで
見返すと

すずしい目の色で少しわらった
ドブ川のにおいを連れてまた
ずんずん遠ざかって行った

ひとり言

わたしは少女だけれど
ほんとうは少年になりたかったんだ
(少女は
　ひそかに胸を聳やかす)
でも近頃は
少女の方がかなり少年だもの
ね、ちょっぴりさびしい気はするけれど
少女のままでいることにした
そのうち
少女のような少年に愛されて
その時はわたし

真じつ少年になった気がする
と思うよ

食卓

トーストにミルク、コーヒー
それから
煮こごりもついている今朝の食卓
膠状の表面には
昨夜のヒラメの煮汁が
まだ少しナマグサさをとどめている

――この頃は、異邦人のようにして
東京に棲んでいる――
東京を離れたこともない友人からの葉書だ

ここ九州でも秋はにわかに色をなした
一度遊びに来ればいいのに
呟く妻
「来る奴じゃない、死ぬまで来るものか」
骨をよけスプーンで煮こごりを掬って食う

買い物

買い物をしに行ったが
何を買っていいかわからず
うろうろしていると
「何になさいますか」と聞かれた
あわてて目の前を差し
「これ」と言ってしまった
ていねいに包んでくれた
家に帰ってから
あけてみた
何やらよくわからない
くねくねしたものがはいっている

もう一度包み直すと
行き先を考えた　さて
どこにでも捨てていいというものじゃない
どこか遠いところに
知られないように
こっそり置いてこなくちゃならない

良い子なのかもしれない

その娘は良い子なのかもしれない
色は浅黒いが健康的で
鼻は半開きの扇子のように尖り
唇はシャケの切身のような淡紅色で
歯並びのよい白い歯
声も玲瓏として芳しいのだが
口にすることと言ったら
「クソ面白くもない・・・」とか
「ぶっちぎってやるからね・・・」とか
まあ　かなりの悪態の限りを尽くす
男の子たちはだから

あまり近寄りたがらない
なにが飛んでくるかわかったもんじゃない
すると彼女は
なんでしょう、そんな時
ひどく虚ろな目付きで一瞬口を噤み
傍から
遠目に冷やかしていると
ちょっと下向いて、『死ね』
という具合の口の形をしてみせる
髪のしなやかなこの娘は
むしろ良い子なのではないかと
想像してみるのだが　確信はない

秋

秋
秋を
憔悴の秋を運んでくるのは
おまえたち
葡萄　ナシ　いちじく・・・

小料理屋のカウンターで
小骨を選り分けてすすめる食も
秋は、これからだ
価が安ければなおさらだ

咲いつくされた夏を静かに振りかえる
涙ぐむ果実を
それから
泳ぎそこねてやさしい
魚たちを食べて　秋をのぼる

西瓜

玉を真っ二つにし
も一度真っ二つにしたところで
稜線が現れる
さらに切り分けて
鋭い半月形をひと切れ皿に載せる
張りつめた稜線が吊るす赤い水量
どうやらこれが
伝統的な西瓜の食べ方のようだ

でもそれでなくてもいい
たとえばぶち割った西瓜だ

でもあれには忽ち血糊がにじむ

真夜中に起き出て台所の片隅
テーブルの上の皿をにらんでいる
これ以外ちょっと考えられない
というところをみると
西瓜を食う　とは
ひょっとすると儀式かしらん

六月

初夏に目盛りを合せると
重心がすこしあがる
歩くのも楽だが、自転車がいい
六月の舗道はよく流れる
垣根の白い光を嗽《うがい》しながら行く
帰りは
わざと回り道する
少年の日の、そんな無益な習性を真似て

少年じゃない　断じて
少年なんかであるものか

見極めをつけて　この時期
昼間っからさまよい出るユーレイだ

夜は縄のれんをくぐる
——酎、六四のお湯割りで、いや
せめて喉には
無謬の火を揉ませよう
水を飲み　遺体のようにすずしかった
遠い日のために

夏

――六十年を隔てた二つの夏

裏庭の小さな繁みに目をやったとき
偶然にも蟬の声がぴたりと止んだ
なにかの拍子に一斉に飛び去ったというのではない
見れば
幹や葉裏にじっと身を潜めているようなのだ

熱風のようなものが薄い翅の上で翻ったのか
裂傷が耳殻をこすったのか
目の前に静かに立ち上がる影に怯えたのか
掃いたような静寂に包まれて

庭は炎暑の底にゆっくり沈んでいった

六十年前もこの夏に出合っていた
動員で駆り出された工場の裏庭だ
こわれかけたラヂオから一しきり流れる
よく聞きとれぬ弱々しい声がぷつり切れた
誰ひとり　声を立てようとはしなかった
かたい沈黙の穴がぽっかりあいた

無音の中の数刻が　やおら
うめくような忍び音で動きかけると
それが
それからの六十年の長い歩みの始まりだった

いつの間にか裏庭の片隅に蟬声が甦っていた

沸き上がる読経を浴びて立ちつくしていると
どこからか
訝しげな声が漂ってくる
はて、
これは、
これから起こる何の始まりなのであろうか

水温

摂氏四度に
ふっふ　織り上げられてゆく水温がある
無季の川べりはやさしい
幼年の薄陽の道筋を　カラコロ
影踏みのように追いかけてくるのは
切れぎれの水

風の翳りに学習を曳くさむさ
一行だけのその日の記録を刻む
粒ほどの発熱をひねり
頑是ない掌の拳の固さよ

それにしても　後年へのひどい恐喝だ

暦を焦がす重力のきしみ
目覚めはまだ杳い
羊水の在りかにちかく　屈まってひたすら
泣哭を削り続けているのだけれど
ようやく　食いしばりたくなる歯だ

不随意に繰り返される吐瀉と昏倒
の衛生的な日々
嫩《わか》いニオイがながれる
そのとき
発病しない樹々に振り向かれると
つい　笑い出すこともあったが

連れ立つのは　いつも
無口なロバだ
ロバの不機嫌は　滋養
ハハがくれた猫柳の枝で
水辺の夢を飼いに下りる
　逆算してはいけないよ　数霊を
　尋ねて行ってはいけないわ
（とおしえてくれた）
　ハハさえそこでは若かった

水温に棲む
髭のない匍匐者たちの　目も揃った

そこ

自転車で行ったひとは
そこへ行きつけなかったようだ
自動車で行ったひとも
行けども行けども
そんなところはなかったという
飛行機で行ったひとは
げんなりして戻ってきた
地球をひと周りしたって
行きつけるところなんかじゃない
歩いて行ってきたひとだけが
いや、いいところでしたよ

と言っているのだ
そこ?

カミに近く

わたしが中世にあるころ
わたしは火の気の乏しい戸口を
出たり入ったりしながら
しきりに後世を思い描いていた
もう冷えた世界も冷えた身体も
ほとほといやになった
土足で上がりこんでくるような夏も——
ものはたちまち饐える
犬は歩きながら腐れた首を落とし
ネコは、皮に穴をあけるのだ

わたしは確実に近代に想いを馳せていた
暖かさと
それから涼しさ　静寂。
しかし
それもやがて
炎暑と寒冷の時代に進むのが
確実に見えていたので
わたしはその頃のわたしを
カミ　と呼ばせていた

‘A’

遠くがナニかをおろしている
地上はやけに明るく
　　午前十一時を回りかけていた
やわらかい菜種梅雨がととのう一日

動かない茜雲の夕暮
親しい友が坂を下りてきた
ひどい憔悴の背を向けて闇を振り返る
稀薄な空気にゆっくり磨かれてゆく

〈光年のかなたに

苛烈極まりない戦いが始まった〉
そんなおぼろげな夢をみた明くる朝
庭先に二人の男が立っていた

「住んじゃいませんな此の家には」
「いないでしょう、こんな家じゃ」
不動産屋ふうの口のきき方だ
そう思って窓の内側で息をつめていた

清々しい朝だ
全てが親しくややひんやりとする
だが、すでに‘A’は発現していた
遠くがひどくおろしはじめた

帰ってこないララバイ

覚束ない足どりで
食べものをねだりに来る子猫
おまえには子宮があるので
いつでもおれのははおやだ。

母はもうとっくにいないけど
子宮をかくし持つもの　それが
みんなおれのははおやだなんて
たまらない　な

ははを扼殺するためには

そっと子猫を飢えさせねば
ほんとうに
小さな子宮でも崩れると夥しい

母がやさしかったのは
いつも血をあやしていたからだ
そのために　母は
ほそぼそ泣いていたりもした

男たちのように
すぐには乾いてしまわないから
スリットに入れた明りが
川面の光のように少し濡れて見えるのだ

もらったおカキ

赤いモスリンの袋から
火鉢の火でよく焼いたおカキを取り出して
一枚をぼくの方に差し出すと
一枚は自分で噛んだ
ぼくも少し噛み割った
ちょっと見つめ合い　それから
ぼくは親たちの方へ駆けて行った
それからゆっくり十年が過ぎ
たちまち四十年たった
もう少しすると六十年になる
ぼくはやがて死ぬだろうし

もちろんかの女だって死ぬことには間違いない

四次元

村のこちらの端からあちらの端まで褐色の太い幹がずっと貫いていた　中空を曲がりくねりながらある所では高く駆け上りある所では低く降りてきているが決して地面に接することはない

幹の太さはドラム缶程であったり所によっては酒造りの一番大きな樽を転がした程にもなる　木の名称は誰にも分からなかったが一見松の木の肌のように罅割れていてそれは鱗を持った大蛇が谷を渡っている姿に見立てられなくもない　大抵こうしたものに付きもののいわれといったものは一切なくそれは何の変哲もない当り前のようにして元々

その村にあったということなのでありだから誰も奇異な思いで見ることはなく日常の生活空間の中で一つの点景として極く親しく馴染んできた　村の道を歩いていて幹が地面すれすれ迄降りてきているような所に出くわすとその上についと跳び乗りたくなる　どんどんと飛びはねても幹はぐずっとも動きはしないがそれでもなにか当りは柔らかく足に快い微動を感じさせてくれるのだするとこれは身心の或る種の癒しにもなるのではないか気の塞いだ時などだから村人はよくこの幹を踏みに行くのである　こういうことを言うとこの幹になにか意味付けをしなければならないような気になるものだが重ねて言うが何の意味もなく村人でそれらしいことを言う人など全くいない賢しらに心理学など援用して集団の無意識みたいなことを言い立ててみても所詮それで説明しきれるものではない　幻というにはれっき

とした現実であり現実というにはいささか現実を超越した
趣がないわけではないが敢えて言えば四次元がこの部分だ
けの空間に現出していて周囲は三次元世界であってもここ
には入ったら途端に四次元の意識に変っているそういうわ
けだから取り立てて不思議はないのと　ただこうして今私
がそれを詩にして書いている現実ということでは私が座っ
ているここからみればちょっと変な感じがしないではない
しかしこの類のことはもうこの世界では当り前のことで珍
しくもないことのようだ　だから余り気にすることはない
のである

異方域

〈序〉

見たものを見たもので測ること

見たものを見たもので測ることと
見たものを見ないもので測ることとを
明日こそは
記憶と明察に呼びかけて
涼しい朝の庭に立ち並ばせよう

姿勢がそうしてはじまるまえに
わたしはあまり年老いぬがよい
——
とは言え
その距離を甦らせる射程は
本当はないのかもしれぬ

もう一つの小さなまえがき

〈五冊の本のうち、不案内のこともあって、初回出版のこの詩集『異方域』だけが、あてどなく散逸してしまって、手元にも一冊きりしかないのだが、時々読んでみようというお申し出があって、お断りするほかなく困ってきた。余り評価されたものではないが、そんな事情もあって、以下丸ごと「落穂拾い」に収録した〉

I　含羞

含羞

高揚ははじらわれた
聖戦や陛下や日の丸は
祭や氏神や森のように語るには
それに語彙もひどく不足した

白樺、峠道を
もう振り返らなくなった者に
「奉公袋」はそっと
異域の語り口を明かしはじめる

峠を越えた者らは

海から
日焼けの色をすこし違えて戻ってくる
そして

その分の聖戦や陛下や日の丸を
ためらいがちに語りはじめる

戻らぬ者の話は聞きがたい
徳則が南冥に果ててから
婆は背中の孫に
土俗のコトバでそれを伝えた
「オヤココ、オヤコーコ、キンシクーンショ」

そのとき死を死に切るにはただひとつ
高揚がそれを贖う

土俗の死は転がり
残った者の手に隠微に握られる
とまれ
死はあまり均等には配られていなかった。

聖戦や陛下や日の丸は
祭や氏神や森のように
それを行うわけにいかなかった

峠を越える者があいつぐ中で
かえらぬ者を数える日にはいる

もう祭や氏神や森は絶えて
そのため言葉はひどく不足してきた
だが

それでもわたしたちの村に
含羞をわすれたナショナリズムが
訪れる日は
ついになかった

祈願

その死を避けうるものであるという思考は
いつからかなくなっていて
わたしたちはできるだけ小声に話そうとした
あるいは無邪気にといってよかった
そして
果敢な死を語ろうとするほどのものは
すでに行って
もうそこいらにはいなかったから
彼はそれほどわたしたちを
おびやかしはしなかった

十六歳が思い定めうる死があったとしても
それはたかだか
白いハンカチが掌の汚れを拭うように
いつかそれが終るとき
静かにわたしたちを掻き消すはずのものであった
したがって
B二九を浮べやわらかく揮発しかける空を
それをしも
白いハンカチであるとおもわないではおれなかった

剝落がしきりとなり
八月十五日がまだ陰画の中にひそみつづけるとき
予感はその扉をわたしたちには開かなかったので
立ちつくすわたしたちの眸は
ひとしなみに

低い水平線にむかいその見えにくい視線の先に
まっすぐ祈願を足して注いでいた

歴史の市

死ぬことがさほど難しくはなかった

学生服は戎衣に似ていたし、よれよれの戦闘帽と手練れのゲートル
が、疑似戦歴に身をくるませた。
徴用工と刃物で渉る苛烈な昼下がり、女子挺身隊のモンペの蔭の素
股をねらう小暗がり、防空壕はあっさり見捨て、裏山の空を翔ける
夥しい魚群の流れに見果てぬ至福をからませた。

青春前期が死をわずかに翳ぎかわりに
革質の生を得るなにがしかの恩寵に
迎えられてあったとしてもそれは

あの日日に
はしなくも歴史の市が立っていたからだ

志願必死

命惜しまぬものは残り僅くなり
その中を更に命惜しまぬ者が躙り出
俺たちは
チューブのあっちこっちへばり付いた
鬱陶しいハッカの匂いのするひと片らずつになりました

勤労動員の夜勤明けは
ウソのような朝を連れだしてきはするが
丸い風船が掌にしっくりと載りきらず
イリコのニオイを蹴散らして
味噌汁は冷たい馬の背で饐えくたる

昼時の寂かな炎暑がはや柱を樹て回し
白い灰を小積み上げる

昨日迄
俺は繭玉の内側で息遣いする蚕の蛹だった
黄くさい滞湿の日日は
ようやくおさえこんではいたものの
未だ其処の
雨戸を半分建て忘れた縁框の下辺り
青黴と水色の苔が隈取る小暗がりで
秒針はゆっくり錆びかけていはしないか
水と日蔭に養われて
それは虫の青糞のように清冽ではあった

とまれ
父上、母上、その上のものたち
今日この一隅に
紅蓮の太陽が熾るのです
その理を俺は敢えて
肯ずる者と成り果てます

志願必死　蒼い海原の雪となれ
海軍兵学校予科生徒

怯懦がわたしを押し戻すかわりに
勇気がわたしを押しやるのです
それがほとんど紛れもなく
死を一直線に狙い撃つ　虚ろに
確かなものであるばっかりに

休日は消え
遠のく西の夕映えが
カラスを一点躍り狂わせる
あれは、と
坪で鎌を研ぐ母屋のあんちゃんが刃を立てる
戦闘機ぞ

八月十五日の賦

何事もなくひねもす山畑で
嫩い桜が散り交いました
すこし汗ばみ罅割れた薄墨がしたい寄り
夕の膳が音も立てずに片付くと
綱を切った牛の足踏がとどろき
追いかける風は急に森の方に折れこんだ

潮騒を連れ波頭を闇に染ませてB二九は
夜半谷を渡りました
中空に捨てられた照明弾は
真昼の幻をよびおこし

蓮華が萌える石垣に蝶を発たせたが
山の端が影を濃く引っぱると
光源はそこから急ぎ落ちこんだ

未生の昼と夜とはこうして
しばらくはあてどもなく交替したが

忙しなく訃報を手にして昼は盛り
英霊を祀り　果てるともない熱い季節に滑りこむと
重層する葉蔭に風は動きかけ
土埃はあまり高く舞わず人々の心もまた
失望の浅い水際に暫らく繋がれていたが
しかし
やがて
濃緑の滴たる樹幹の内側が沸き立って

その日がやっと訪れました

8・15

8・15はわたしたちの
夭折の思い出

沸点をかけあがり
すでに指をやかぬ
雲の峯よ
玉音は忽ち雪崩れた

すさまじいものは
いま杜絶した　そして
少年は今日

その罪も高揚も
救済で贖ってはもらわず
身を売る

白い鶏頭の真昼間が
屈折する　それは
恐怖願望であるか

幻の屍をゆっくりと
蠕動が亙りきるとき
すでに
逝く物は甦らず

かくて

夭折の思いだけが地を
這い続け
昇天を待ち焦れる

銅臭

鎌鼬がはしる八月
またもやあの遠い夏の
銅が耀う空の真下に連れもどされる

わたしの〝少年〟は
そこをあまり立止りはせず
さりとて憑かれたように駆け出しはせず
低く歩んだ
—行きつくことがすでに決って
だからこそ
急ぎ過ぎない工夫がいった—

鳩尾にラムネが冷え
生れたばかりに水が鳴る

——歩くたび水は鳴り
——光を放《ひ》り続けて水は痩せ
胸腔の無残の闇に火が泛び——

すると
鳩尾は苦い眠りに急にのけ反り
もうそこに見えた
銅臭の眩暈に正しく向いて
乾いた踵だけが真直ぐ立つ

模擬死

――熊本陸軍教育隊に於ける、上陸米軍邀撃訓練に九州各地の学徒集めらる。集結の途上空襲にあい列車離脱、後は歩行を続ける――

きょう
埃まみれの紙のように
乾き切った道端の立葵はそよがない
空半分に皮膜がかかり
あの日も
気象はこんなふうに傾いていた

ともあれそれで　焦熱地獄は
いくぶん肩から滑り落ちていたものの

あれから二日歩いてきたのに
不知火の海はまだ見えてはこない

山の端がめくれ陽が挟みこまれると
線路わきの炊飯にすこし風がたつ
だが

防人の歌はもう歌うまい
あしたからの模擬死の訓練が　ほら
痴れ者の寒い歯ぐきをむき出して
嗤いだそうと息をのんでいる

爪の上

死は辺りにもあった
草の葉の上にもあった

これほどに死は近付くと
そのつど人食鮫の肌ほどに臭い

およそ覚悟というものは
始祖鳥の鋸の歯にひどく似てくる

夏休みのない夏があった
そそり立つ歴史はその中も走った

君も掌をあげる
僕も掌をあげる
死は
その爪の上にもあった

進発

水が張る田の面の明りに
今日わたしたちは初めて整列する

白く反る風の子

銃身を身にひきつけると
生つばに砂鉄がまじる
とどけられる固い鳥の鳴き声は

原初といわぬまでも

めったにほぐれぬ規律
雨の中を
それはハッカの匂いを呼び
自制する柔らかい歩調を連れて
胸中に
たしかな昨日の邪悪と
愁緒とを染ませる

賭死

肩を見たまえ
肩に置く光を見たまえ
花の肩
木の肩に
水の肩
野の肩に
空の肩
少年の

その少年の
肩に深く刻み込まれた

命運の
紛れなき
賭死の

その光を見たまえ

知られざる恩寵

戦争を見にいかないものはだれか
駆け出たものたちはもう
ほら　旗の方に小さくなる

庭で祭の肴を煮揃える
母よ
あなたたちはいつだってそこにいた

朝がめまぐるしく何度も覗きこみ
記憶を掬いそこねては
逃げ水よりもすばやく耀う

夜の衰弱は手厚くゆっくり蒸し返される
淫らに原初を宿しては
意志もて子袋をまたもや育くむ

罪をすら孕み得て
オンナはおのがじし神形となり
神の撰別を鋭く拒むものとなり

審判は
つねに出生に間にあわない

あなたたちが今朝も
祭の肴を市にととのえる　それは
どの知られざる神の恩寵に基づいてか

『終戦』

『神風』を信じないのは
それを信じると同じくらい
むつかしかったが

研ぎたてたエンピツに
『原子爆弾』が描き切れると
計算はすんなりいって
『敗戦』は答えをだした

連合艦隊健在（説）
六発渡洋爆撃機秘匿（説）

水際決戦、竹槍（覚悟）
天祐神助、神州不滅（神頼み）

うろんな精神が
あっけらかんの科学に負けて
これを『終戦』といった

碑

その山にB二九が墜ちた
零戦も墜ちた

B二九が一機墜ちた
零戦も二機墜ちた

抱き合うようにして
一しょに墜ちた

その山に碑がたった
一しょに墜ちた碑がたった

一しょに墜ちた碑がたって
一しょの闇の碑がたった

軍の闇

叔母よ
イクサの影が禍ごとめいてみえますか
徴用工場の一日がようやくはねて
あなたが夜更けて遣う行水に
月の肋が滴るのです

叔母よ
美しき叔母よそれほどに疲れますか
あなたの息は　たぶん
蛇のように臭く
あなたのあこがれは蛇よりも蒼い

叔母が寝にゆく
部屋の闇は
イクサの闇より
真黒く
叔母の闇の色は
その中の闇
叔母の白身も
その中の闇

勇士の母

四月三日、そこに帰りつくように
敵艦上に散華したあの勇士の母は
ここにおいでか

髪に置く霜のしるく弱弱しい
この媼がそれであるか

くっきりと黒い眉根にだけいまも
勇士の俤は永久に止めて
田の畔を打つ

ただ打つように畔を打つ
もはや百姓の習より放れ
しずかに　踊りだすものと化し
畔を打つ

靖国の遺児

昨日オマエは一張羅着て
戦没兵士合同葬儀の遺族席に坐った
だから今日からオレたちは
オマエにだけは少しひかえて話しかける

オマエはそれをちょっぴり誇らしく
ちっとは淋しく思っているかもしれぬ
それみろ
先生たちでさえオマエのあやまちを
もうそんなにはとがめない

でも庄ちゃんよ
オレとオマエの権現山にゆけ
椎、樫、櫟・・・・

木の枝渡りの追い駆けくら
いいか
あそこだけではそうせんぞ

タンクとパラソル

華麗なパラソルであった
モンペ姿に翳しても
真夏の太陽をはね返していた
はげしく気を滅入らせる
そこだけ光の輪があった

道端に立ち
タンクの通過を見送っている
熱い風が吹きつけ地がゆらぐ
パラソル飛ぶ

道の真中に転がり出てパラソルは
可憐にわらう
一輪の花よりもなお可憐にわらう

展望塔に直立する兵士の
眉は動かない
　タンクが戛然と止まる

娘はあきれ顔にわらっている
タンクは動かない

予科練の歌

飛行帽の耳を躍ね上げ
腕を組み脚を開いて立つ
一枚のポスターの語りかけに
わたしたちの眼はひそかに
並びたち
耳は
しずかに傾いた

マフラーが
花弁よりも白く発色すると
飛行靴に　うしろを焦す硝煙が

まつわり　そして
もはや一枚の写真の雄姿は
猥わいに
わたしたちの心を直立させた

○四○○松原一飛曹飛ぶ
手荒く暗い滑走路の闇に
白いマフラーがよくなびく
敵艦目がけて真直ぐ下りりゃ
知ったこっちゃない

そこまでがおれの華

相川が飛ぶ栗原が飛ぶ

遺すものとては何もなし
束の間生きたがらくたばかり

うらなり中学生にくれてやる
おれたちゃ　ここまで

貴様ら　皮がはげたら追ってこい

国の為には死ぬのでないが
国の為なら死にやすい
生き死に透けて飛んでゆこ

上御一人以下諸諸よ
ご縁があったらまた会いましょが
青空にばかり悲恋が盛る

おれたちは鬼っ子
歴史の来し方行く末に
報われもせず報われもする

（ところで
一枚のポスターに通いつづける
わたしたちの心の襞は　しかし
まだたしかなほどには
裏が返っていなかった）

異方域

何があって何がなかったか
戦争があって　何がなかったのか
――なかったものが今日とどいたか

何があって何がありすぎたか
戦争があって
さらに何がありすぎたのか
――ありすぎたものはどこへ行ったか

思ってみるがいい
そのときどの方角で疲れたか

きみもわたしも

異方域をどの方角で走り抜けたか

「異方域」は私の勝手な造語だが、物理的性質が方向によって異なってくる〈異方性〉そしてその性質を帯びる物体を〈異方体〉というその用語になぞらえて造ったものだ。戦争という歪んだ時空間とのアナロジーである。謂う所の被害加害の往復運動では割り切れないものを感じていた。そんな少年時代の己が姿をそこに立たせてみた」

II　櫟の子

櫟の子

別に腕白坊主であったわけではなしにいつも
樫の木の棒太刀を曳きずっていた
それは通りすがり道草をなぎたおし
蛇の頭を撃つためもあったがなかんずく
前の小川に下りしなの石垣の根方に
棲みついた小振りながらしつような櫟の葉を
打ちおとし枝股を割くのに奔った
打擲にあい背を屈め身をしばり櫟は
伸びることをやめて意志をもった。
棒太刀を曳きずる人間の子と
固い意志を育んだ櫟の子は永遠に

闘いをやめぬ友達となったのだが——
櫟の子は一人春を待ち若芽をつけた。
五年目青年は、枝を伸ばし葉をしこらせた
櫟の子に来て会った。
六年目
百姓のナタとノコギリが太りすぎの櫟の根方を
切って石垣の崩壊を救う。
樫の木の棒太刀を曳きずった少年は
朽ち果てのひろごった切株を見捨てやや
疑わしげに空の一処に目をあげる
と、まぎれもなくかの櫟の子が
そこには在った

おかきを炙る息子

　今ではそうした季節にも滅多に行き逢わないが、一夜吹雪いて凩はばったり止み、音を掃いた天空が小止みなくまだ白い微塵を吐き続けると、地は深深と寒い眠りに落ちこんでゆく。その後でまた、陰鬱な空は間歇的に襲いかかり、白皚皚たる装いを凝らして冬の仕上げを急ぐ。

　一人の父親と一人の息子が、その冬の野を過り、谷を渡り山を進む。夜の引き明けを待ち家を後にした。昼食をとある岩陰で摂り、その間小さな焚火にあたり、再び父が先に立ち子が後に従い、黙々とそうしてはならぬかのようにお互い声を掛け合わなかった。

つと藪に忍び入り父は息を殺し、間合いを距て息子はそのこちらに一つの符牒となって止まる。

ダン。　一発の銃声

父の手元に蒼白い煙が揺れた。息子は脱兎の如く父の側らをすり抜け、樹上から雪崩れしきるぼうぼうたる白雲の中に駈け入る。黒いものが一つ、雪にはっきりと型を押して落ちこんでいた。手に取ると膚は竈の火ほど熱い。

その夜白い被衣を負うた屋根の下で、大小とり混ぜ獲物の料理に酒が汲まれ、目が赤くただれ父は黙りこくった上機嫌を振舞い続けた。息子は早々に座を離れ、薄暗い納戸の火鉢におかきをかざして炙った。

父と和んではならぬ。決して。

手

五年生の二学期から『木剣』がはじまる。「明日木剣を作ってくること」を言い渡されて私は困った。村に住んで百姓をしない父と、幼ない弟と母とを頼めなかった。井戸端の柿の木を背に赤らみかけた入日を見ないでいるわたしを母はみつけた。

「タヨにたのんぢやる、三十銭もやればつくっちくるる」

弱いものいじめのタヨ、それから目っかちの青年になり欲張り働きもんになったタヨ。

黄昏、襷をはずし下駄を履きかえ母は小水取のタヨちゃんの家に行った。

雨戸が引開けられお縁に白い光が彳んでいた　柱に倚せて木剣があった　樫の白身に反りを打たせ切っ先がお縁の板に突立っていた
この由由しくも禍禍しい一振をわたしは、恥かし気に古新聞にくるみその朝携えて出た

Ⅲ　チキチキ指定区域

チキチキ指定区域

トキ　二〇二五年初冬の夕方
トコロ　レストラン「肉亭」

柱型や太い梁型を見せた、落ち着いた雰囲気の店内である。かなりの広さがあり、二十位はあるテーブルがほぼ客でふさがる。

奥正面の壁半分を、男の裸体画二つが占める。変哲もない前向きと後向きの立像であるが、異様に発達した筋肉をなぞる黒い線描きの、やや細密すぎる描写がどこか解剖図めく。

高い天井にまばらに点る照明だけでは、もう店内に明りが足りない。皿の出たテーブルが見当らない。それでも客は皆行儀よく座って、あまり話声をたてないでいる。

ドアを押して中年の夫婦がオズオズとはいってくる。湿った髪を撫でつけながら、傍らの客席の人に、
夫「なにか、できるでしょうかね」
客「あ、できるらしいですよ」
力を得て進み入る。
出てきたウェイトレスに、
夫「なにができますか」
ウ「チキンライス、ダケデス」
後の妻を振返って、
夫「いいかね」
妻「いいわ、この際だから何でもいいわ」
夫「では、ふたつたのむよ」
ウ「カシコマリマシタ」
夫婦、壁際のパネルの下のテーブルに着く。女の視線が、一瞬パネル

の絵を気にして延びあがるのを、男はさりげなく見ないふりでいる。
遠くの稲光。
風にあおられたようにドア勢いよく開き、若い男女が飛び込んでくる。
男の手に大きな旅行鞄が一つ。
ウェイトレスをつかまえて、

男「カレーライスだよ」
ウ「アイスミマセンガ」
男「エ、できないのか」
連れの女を見て、
男「じゃ、何にしよう」
女「オムライスは」
ウ「アイスミマセン」
男「ヘェ。
へっすると何だい、できるのは」

ウ「チキチキライス、ダケデス」

男「え、」

ウ「チキチキライス」

男「なんだソレ」

ウ「ゴゾンジナイノデスカ」

男「いいよ、じゃそれ」

男女キョロキョロとテーブルをひとしきり探す。やっと隅の一卓を見付けそちらに行きかけ、ふと気がついてグルリと店内を見まわす。

男「おかしいな」

女「何がよ」

男「ま、いいさ」

テーブルを照らすペンダントが一斉に点く。と、

アナウンス「皆様タイヘンオ待タセイタシマス。オ料理ハ間モナクオ持チイタシマスガ、実ハ、少々オ肉ガ足リズ困ッテオリマス。外ニ取リニ出マスニモ、アイニク、嵐ガ迫ッタ模様デス。

マコトニ勝手ナオ願イデスガ、皆様ノ中デ、オ肉ヲ分ケテ下サル方ハゴザイマセンカ。

ゴザイマシタラ、ハッチノ内マデドウカオ越シ下サイマセ」

遠くに雷鳴おこり、少しずつ近づく。

手にお冷やポットを持ったウェイトレスが二人、客席の間を縫って水を足してまわる。待っていたように客が皆グラスに口をつける。飲むというよりはなめる具合に、低いピチャピチャという音が立つ。

電燈の光度がスッと落ちる。再びアナウンス、

アナウンス「皆様オ待タセシマシタ。只今調理ヲ大至急進メテオリマス。トコロデ、マダ少々オ肉ガ足リマセン。外ニ取リニ出マスニモ、アイニク嵐トナッタ模様デス。皆サンノ中ニ、モウ少シオ肉ヲ分ケテ下サル方ハゴザイマセンカ。モウヒト切レフタ切レデ結構デス、分ケテ下サル方ハオラレマセンカ。

（チャイム）

ここで一寸お知らせを申し上げます。すでにご承知と思いますが、本

夕六時をもって、当地区もいよいよチキチキ指定区域に編入されました。ついては、今後はこの指定に基づき随時必要な措置が、ガガガガ・・・・・・・(雑音)」

電燈消える。沛然と雨、叩きつける風の音ひとしきり。
雨と風の音急に落ちて、静かに歌が流れる。

若い男女二人立ち上がって、歌に和す。

「(科白) 一九七五年からの歌です。
(歌曲)
気味わろき赤ん坊の末裔(すえ)のものたち
おぞましき爺婆のかみ(昔)のものたち
その間にはさまれて
われら、老いも若きも
同じ世に生き

同じ苦楽を倶にする
同じ憂いに泣き
同じよろこびを笑う

気味わろきおぞましきものたち
われらを侵すなかれ
われらを侵すことなかれ」

■著者略歴

幸松 榮一（こうまつ・えいいち）

1929年大分県国東半島生まれ。
詩集『異方域』（沖積舎1977年）
　　『居住区』（沖積舎1990年福岡県詩人賞）
　　『タタミ』（石風社1994年）
　　『夕日』（本多企画1997年）
　　『会話』（土曜美術社出版販売2005年）

現住所　福岡県行橋市大橋 2-6-3

詩集　**かげを歩く男**

2017年9月20日　第1刷発行

著　　者　幸松 榮一
発 行 者　田島 安江
発 行 所　書肆侃侃房（しょしかんかんぼう）
〒810-0041
福岡市中央区大名 2-8-18-501（システムクリエート内）
TEL 092-735-2802　FAX 092-735-2792
http://www.kankanbou.com
info@kankanbou.com

装丁・DTP　黒木 留実（書肆侃侃房）
印刷・製本　株式会社インテックス福岡

ISBN978-4-86385-275-4 C0092